Hans Kuyper

Dag lieve, lieve Marit

Leopold / Amsterdam

Voor Guda
Elke dag een stapje vooruit

Eerste druk 2005
© 2005 tekst: Hans Kuyper
Omslagfoto/illustratie: Joyce van Oorschot
Omslagontwerp: Rob Galema
Uitgeverij Leopold, Amsterdam / www.leopold.nl
ISBN 90 258 4616 5 / NUR 284

Goed nieuws uit de Achterhoek

'Ja,' had ze gezegd. 'Dit.'

Geen wereldspeech natuurlijk, niet echt een uitspraak die je later in de geschiedenisboekjes zou terugvinden. En toch stonden de twee woorden met gouden letters in het citatenboek in Cas' hoofd. Want het ging erom hóé ze het zei, en waar. En op welk moment.

Het was nacht. Een heldere, steenkoude poolnacht. Ze zaten samen in de sneeuw onder aan de skihelling, een laken van wit waar de naaldbomen lange blauwe schaduwen op wierpen. Achter hun rug was de vuurplaats waar de Finnen zaten te drinken. Ze vertelden elkaar verhalen in hun zangerige, onbegrijpelijke taal en hun gelach droeg ver over de witte vlakte. En hoog boven dat alles wervelden de groene vlammen en spiralen van het noorderlicht tussen de duizenden sterren.

Marit leunde tegen hem aan en kuste zijn mondhoek. Cas wilde haar terug kussen, maar was te laat: zijn lippen schampten haar wang. Ze geurde lichtjes naar zonnebrandcrème en de cranberrylikeur van na het diner. Samen met de rook van het houtvuur vormde dat een bijzonder parfum dat precies bij de omgeving paste en Cas haast bedwelmde. Stop het in een flesje, had hij nog gedacht. Stop het in een flesje, noem het 'Arctic Dream' en je loopt binnen.

En toen had ze die twee woordjes gezegd en het had geklonken als een liefdesverklaring voor eeuwig. Alsof hij haar ten huwelijk had gevraagd en zij hem had aangenomen. Zo bleef het ook in Cas' herinnering gebeiteld: die nacht, die geuren en geluiden. Die woordjes.

Geen wereldspeech, nee. Maar jongen, je had erbij moeten zijn geweest.

Het was allemaal al veel eerder begonnen. Elf maanden vóór Lapland, om precies te zijn. Het was vroeg in het voorjaar en de eerste narcissen spiegelden zich in het slootje naast de Vissersplaatdijk.

'Wil je bloemen?' vroeg Cas. 'Mooie bloemen voor een mooie vrouw?'

Hij was er zelf van geschrokken. Dat hij dat zomaar durfde te zeggen! Natuurlijk was hij al verliefd op Marit sinds ze zijn klas binnen was gestapt, na de kerstvakantie. Net naar Zuideroog verhuisd vanuit een of ander gat in de Achterhoek.

Cas' hart sloeg over toen hij haar ogen zag, in haar onwinters gebruinde gezicht. Donker waren ze, maar er brandde een geheimzinnig vuur in. Ademloos had hij toegekeken hoe ze ging zitten en haar rug even hol trok bij het aanschuiven van haar stoel. Daarna schudde ze haar bruine krullen los en legde haar etui op tafel. Sterke armen had ze. Hockeymeisje? Tennismeisje?

Vieze oude Slob was het ook opgevallen.

'Hallo, wat komt daar voor goed nieuws de klas binnen waaien?'

'Ik ben Marit van Eeghen, meneer,' zei ze rustig. 'Ik ben net hier komen wonen.'

'Ach ja, dat is ook zo. Daar staat me iets van bij. Nou, hartelijk welkom. Deze povere klas kan wel wat versterking gebruiken. Heb je al een boek?'

De les was gewoon van start gegaan, maar Cas had er weinig van meegekregen. Hij zat maar en keek en droomde. Aan het eind van het uur was hij zo verliefd dat zijn vrienden grapjes over hem begonnen te maken. Die hij vervolgens ook niet hoorde. Of niet wílde horen.

Verliefd ja, maar spreken ho maar. Hij bekeek haar van een afstandje en schreef schriften vol brieven en gedichten die hij haar niet gaf. Wel gooide hij er een paar in de kopijbus van de schoolkrant, natuurlijk onder een schuilnaam. Toen hij ze later afgedrukt zag, was hij zo trots als een pauw en verbeeldde hij zich dat ze wel móést weten wie de schrijver was.

Maar als ze dat al wist, liet ze niets blijken. Ze lette niet op hem, op geen enkele jongen trouwens. In de loop van die eerste maanden maakte ze wat vriendinnen met wie ze veel optrok, een ondoordringbaar cirkeltje meiden.

Ze was onbereikbaar.

Totdat Cas op die eerste echte lentedag de stad uit reed en haar voor zich zag fietsen. Misschien moest ze ergens heen, misschien was ze op zoek naar het nieuwe leven in de weilanden, net als hij. In elk geval was ze alleen, en hij was alleen, en op de hele Vissersplaatdijk was verder geen sterveling te bekennen.

Zou hij het durven? Het was nu of nooit. Hij zette even aan en ging naast haar fietsen.

'Hoi, Marit.'

'Hé!'

Was dat een goede begroeting? Wat bedoelde ze precies?

'Ik zag je fietsen.'

Ze lachte.

'Het is een mooie dag.'

Mooi, ze ging dus nergens heen. Precies de richting die hij ook uit wilde.

'Ja. Eindelijk lente.'

Opeens had ze veel te vertellen.

'Ik moest er gewoon even uit, weet je. Dat heb ik altijd als het goed weer wordt. Het is net alsof ik de hele winter opgesloten heb gezeten en nu weer naar buiten mag. Dan wil ik voelen dat ik leef, dat ik beweeg, dat ik er ben, begrijp je?'

Cas keek naar de malende benen, de bruine blote enkels boven haar sneakers en naar haar ronde billen, dansend op het zadel. O ja, hij begreep haar. Hij had er nooit eerder over nagedacht, maar het was precies wat hij ook altijd voelde als het lente werd.

'Wil je bloemen? Mooie bloemen voor een mooie vrouw?'

Om zijn rooie kop te verbergen was hij meteen de berm in gereden, half naast zijn fiets hangend om bij de narcissen te kunnen. Zo plukte hij ze, in volle vaart. Dat ging prima, hij had er al een handvol toen zijn voorwiel opeens in een greppel verdween en hijzelf werd gelanceerd. Met een fraai boogje vloog hij door de lucht en landde een paar meter verder, plat op zijn rug en nauwelijks een decimeter bij de sloot vandaan.

Door de klap kon hij eventjes niets zien en in die duisternis hoorde hij haar lachen, een klein, zangerig lachje als de rimpels in een bergmeertje. Voor hem had het de hele middag mogen duren. Toen keerden de zon en de schapenwolken terug en hij zag hoe ze zich over hem heen boog.

'Sorry,' zei ze. 'Doet het pijn?'

Daar had hij zich nog niet mee beziggehouden. Hij probeerde overeind te komen.

'Ik geloof het niet,' zei hij. 'Ik was even out, dat wel. Maar alles doet het weer.'

'Het was echt ontzettend grappig,' zei ze bij wijze van verontschuldiging.

Ze stak een hand uit om hem op de been te helpen en hij nam die aan. Heel even stonden ze dicht bij elkaar. Er is bijna niets tussen ons, dacht Cas, wat kleren van haar en nog minder kleren van mij – dat is uit een boek, maar welk boek? Ze rook naar thee met suikerklontjes.

Hij kreeg alweer een rood hoofd en om zich een houding te geven stak hij haar de narcissen toe.

'Hier,' zei hij.

'Dankjewel. Lief.'

Ze wist niet goed waar ze de bloemen laten moest, zag Cas. Haar fiets had geen tassen en de zak van haar jasje was lang niet diep genoeg.

'Doe ze maar in mijn krantentas,' zei hij. 'Dan krijg je ze thuis wel weer. Als ik – als je het goedvindt dat ik met je mee fiets.'

'Moet je d'r wel op blijven zitten,' zei ze giechelend.

Hij lachte nu ook.

Zo fietsten ze verder, door die grasgroene dag en onder het hoge blauw. Ze praatten over school, over muziek, over de zee en over zichzelf. Zo kwam Cas erachter dat ze tenniste én hockeyde, allebei op hoog niveau. Ze vertelde ook dat haar ouders het kleine hotel bij de strandopgang hadden gekocht. Dat wist hij allang, maar hij deed toch of het hem verraste. Waarom? Daarom, omdat het zo'n prettig gesprek was.

Cas' ouders hadden een boekwinkel aan de Oude Haven en dat was maar een paar straten verder. Misschien konden ze voortaan samen naar school fietsen? Daar gaf ze nou net weer geen antwoord op. Was hij al te opdringerig geweest? Had hij het verpest?

Maar toen ze terug waren in de stad en het moment van afscheid was gekomen, lachte ze zo lief naar hem dat zijn knieën het haast begaven. Snel fietste hij weg. Op de hoek van de straat keek hij om, maar ze stond hem niet na te kijken. Dat had hij eigenlijk wel verwacht, waarom zou ze ook?

Eenmaal thuis vond hij de narcissen, een verlept bosje in zijn krantentas. Helemaal vergeten te geven. Hij smokkelde ze langs zijn moeder in de winkel en rangschikte ze zorgvuldig op zijn hoofdkussen. Die avond voor het slapengaan had hij woeste fantasieën over Marit.

Zo was het begonnen, en vanaf die eerste dag was het snel gegaan. Ze fietsten algauw dagelijks samen op, ook omdat Marits vriendinnen niet in het centrum woonden en haar dus geen gezelschap hielden. Na twee weken spraken ze af samen huiswerk te maken en Cas stapte voor het eerst het oude hotelletje binnen.

Het was er rustig. Aan de leestafel zat maar een enkele gast, verdiept in een tijdschrift. Marits moeder stond achter de tap. Ze had dezelfde donkere ogen als haar dochter.

'Wie hebben we daar?' vroeg ze vrolijk.

'Dit is Cas, van mijn klas. Hij komt me helpen met wiskunde.'

'Dat is aardig. Willen jullie eerst iets drinken?'

Ze maakte een grote pot thee en ook Marits vader kwam erbij zitten. Hij droeg een sjofel hemd en een gescheurde spijkerbroek die onder de verf zat, net als zijn ongekamde haren. Er werd blijkbaar hard gewerkt om het hotel op te knappen voor het strandseizoen begon.

Hij stelde de vraag die vaders altijd stellen en toen Cas vertelde over de boekhandel, knikte hij tevreden.

'Middenstanders,' zei hij. 'Betrouwbaar volk.'

Cas wist niet wat hij daarmee bedoelde, maar het klonk in ieder geval positief. Na de thee gingen ze twee trappen op. Marits kamer was op zolder, onder de hanenbalken. Het was een klein vertrek, maar er was een dakkapel die uitzicht bood op de duinen en de zee daarachter.

'Mooi,' zei Cas.

'Wat?' vroeg ze.

Bijna had hij 'jij' gezegd, maar dat kon hij nog net inslikken. Dus wees hij maar naar de zee.

'Altijd in beweging,' zei Marit. 'Nooit een seconde hetzelfde.'

Ze ging op het bed zitten en klopte naast zich op het dekbed bij wijze van uitnodiging. Gedecideerd, met een klein glimlachje. Cas liet zich voorzichtig naast haar zakken. Ze was dichtbij, heel dichtbij. Weer die vage theegeur en nog iets anders, fris en schoon. Hij sloot zijn ogen.

'Wat doe je nou, gek?' vroeg ze.

'Ik zit,' zei Cas. 'Naast jou.'

Het bleef angstig stil. Alleen een eenzame meeuw krijste, ergens hoog boven het dak. Cas durfde zijn ogen niet te openen, bang dat het moment dan voorbij zou zijn, dat ze gewoon in haar wiskundeboek zou blijken te zitten lezen.

Het leek een eeuwigheid te duren, een zalige eeuwigheid vol van belofte en verlangen.

Het dekbed ritselde. De geur van zoete thee kwam nog dichterbij, werd haast tastbaar, alsof hij haar zou kunnen drinken. Onwillekeurig opende hij zijn mond en Marit drukte een kus op zijn lippen. Een kleine kus, een vlindertje. Meer niet. Maar Cas' hart sloeg over.

Hij deed zijn ogen open en zag dat zij de hare gesloten hield, een paar centimeter van zijn gezicht vandaan. Haar mond was nog getuit, alsof hij bevroren was. Nee, betoverd: een goede fee had haar in een magische slaap gebracht, juist op dit moment, zodat hij haar honderd jaar kon kussen.

'Marit...' fluisterde hij en hij veegde een weerbarstige krul van haar voorhoofd.

Opnieuw bracht ze haar hoofd naar voren en kuste hem, veel heftiger nu en langer. Ze legde een hand in zijn nek en trok hem tegen zich aan, terwijl haar tong langs zijn tanden gleed en de zijne zocht. Cas probeerde haar te volgen, haar op te vangen, maar ze was wild als een bergstroom en hij hield haar niet bij.

Toen ze eindelijk losliet, leken haar ogen wel in brand te staan en ze trok nerveus met haar mond terwijl ze op haar onderlip beet. Haar wangen waren dieprood en ze hijgde licht. Cas kon zijn ogen niet van haar af houden.

'Weet jij hoe lang ik dit al wilde?' vroeg ze.

'Vast niet langer dan ik,' zei Cas.

Daar moesten ze allebei om lachen. Ze lagen samen op het smalle bed, dicht tegen elkaar aan, en praatten, en kusten weer, en praatten.

Van wiskunde kwam natuurlijk helemaal niets meer terecht die middag. Toen Cas in de vroege avond naar huis fietste, was zijn hart licht en roze als de lage wolken in het westen. Zijn moeder merkte het aan hem, zelfs zijn vader informeerde wat er aan de hand was, maar hij liet niets los. Hij zat aan tafel en at als een wolf en in zijn hart zong het, op het ritme van zijn malende kaken.

Ik heb goed nieuws, zong zijn hart. Goed nieuws uit de Achterhoek.

Van die dingen

Op een dag had ze gevraagd: 'Ben ik de eerste?'

Dat was ook weer zo'n moment. Die hele periode met Marit was een keten van momenten, lange en korte. Momenten die hij zijn hele leven met zich mee zou dragen en die hij steeds maar weer zou proberen te vangen in gedichtjes en verhalen. Wat nooit helemaal zou lukken, omdat je, nou ja, omdat je erbij moest zijn geweest.

Cas deed eerst of hij de vraag niet gehoord had. Hij moest erover nadenken. Ze lagen samen aan de oever van 't Wed en luisterden naar de merels die het hoogste lied zongen in de berkenboompjes. Op het ruiterpad achter hun rug kwamen twee paarden voorbij.

'Hé, ik vraag je wat.'

'Niet helemaal,' zei hij. 'In groep drie had ik twee meisjes tegelijk.'

'Dat telt niet.'

'Het was anders behoorlijk heftig. Zoenen onder een deken. En bij de kleuters hadden we Rosa, die trok voor een paar centen haar onderbroek uit. Maar dat deed ze voor iedereen. Uiteindelijk is ze verhuisd. Niet te handhaven in Zuideroog.'

Ze lachte.

'Is dat alles?'

'Je bent de eerste,' zei hij plechtig.

'Jij ook voor mij. Of nou ja, twee jaar terug in Spanje was er een jongen... Maar dat was maar een paar dagen, in de vakantie. Zwembadliefde, volgens mijn vader.'

'En wat sprak je dan met hem?'

'We spraken helemaal niet.'

Ze glimlachte bij de herinnering.

Cas voelde zich opeens onbehaaglijk. Hij had het niet moeten vragen, wilde er niets van weten. Hij begon haar te kussen om het vervelende gevoel kwijt te raken, of misschien om haar te heroveren op die onbekende Spaanse concurrent.

Ze weerde hem af; ze had hem door.

'Niet jaloers zijn. Het was niks. We zwommen samen. Hij kocht colaatjes voor me. Meer niet. Maar ik vond het al heel wat.'

Hij rolde zich op zijn rug en vouwde zijn handen onder zijn hoofd. De merels trokken alle registers open.

Eén vriendje dus, met wie ze niks had gedaan. Of nou ja, zoenen wel waarschijnlijk. Want ze kón zoenen. Maar verder niks...

Cas keek opzij en zag haar liggen, haar sterke benen uitgestrekt in het zand, de lichte welving van de buik daarboven en haar borsten, nauwelijks zichtbaar nu ze op haar rug lag. *Haar lange hals met de diepe schaduwen tussen de pezen, haar oor met d'r haar ervoor* – waar was dat uit?

'Kijk je naar me?'

'Altijd.'

'En waar denk je dan aan?'

Cas had dromen gehad waarover hij haar nooit zou durven vertellen. Woeste dromen vol vlees en huid en zweet. Mannen denken altijd maar aan één ding, dat las je tenminste altijd en het was misschien wel waar, maar Cas kon het goed verbergen. Hoopte hij.

'Dat ik van je hou,' zei hij. 'Zoals ik nog nooit van iemand heb gehouden.'

En dat was niet gelogen. Het was voor het eerst dat zijn fantasieën zich op een bepaald persoon hadden gericht. Voordat Marit zijn leven binnen stapte, had hij zich vermaakt met de glossy boekjes uit de winkel van zijn ouders. Elk lijf was goed genoeg geweest. Dat was allemaal anders geworden. Hij nam nog weleens een boekje door, als hij alleen thuis was, maar de foto's kwamen nu gemaakt en onwaarachtig over. Allemaal nep, alsof het geen echte vrouwen waren. Marit was een echte vrouw.

'Twee maanden, drie weken, vier dagen en een half uur,' zei ze.

Cas keek op zijn mobieltje.

'Drie kwartier.'

'En je houdt nog steeds van me,' zei ze zakelijk, alsof het de uitkomst van een optelsom was.

'Elke dag een beetje meer.'

Ze draaide haar hoofd naar hem toe en keek hem lang aan. Hij voelde dat hij begon te blozen. Wat wilde ze nou? Het leek of ze hem probeerde in te schatten, of hij een examen moest afleggen en hij wist niet in welk vak.

Opeens was ze weer haar gewone, vrolijke zelf. Ze sprong overeind en schopte haar schoenen uit.

'Ik ga zwemmen,' riep ze. 'Wie het laatst in het water ligt, is de sukkel van de maand.'

Voor Cas wist wat er gebeurde, had ze haar broek en blouse al uitgetrokken en rende ze het duinmeertje in. Ze droeg zwart ondergoed en dat hield ze aan, maar ze was naakter dan Cas haar ooit had gezien en de aanblik van haar bruine benen in volle vaart maakte hem opgewonden. Pijnlijk zichtbaar opgewonden... Hij voelde dat het onmogelijk was haar nu te volgen. Dat zou aanstootgevend zijn.

'Kom je niet?' riep ze.

'Jawel, jawel,' mompelde hij.

Hij kleedde zich langzaam uit, met de rug naar haar toe en probeerde zijn shorts zo te draperen dat er niets van zijn erectie te zien zou zijn. Met de handen voor zijn kruis, als een voetballer in een muurtje, waadde hij naar haar toe. Het water was ijskoud, zo vroeg in het seizoen, en dat hielp gelukkig.

Ze zwom naar hem toe.

'Helemaal onder water blijven, dan is het niet zo koud. Kom op, sukkel.'

Hij liet zich voorzichtig zakken en zij sloeg een arm om zijn nek. Ze kuste hem hartstochtelijk. Haar borsten lichtten boven haar beha bleekgroen op in het troebele water, vlakbij. Hij wilde ze aanraken, vastpakken, maar hij deed het niet. Misschien zou ze wegvluchten of, erger nog, dichterbij komen. Echt tegen hem aan... En dan zou ze hem voelen...

Ze kwam niet dichterbij, maar duwde zich van hem af en zwom een paar slagen rugcrawl. Ze was sterk, ze schoot door het water in een nevel van vuilgroen schuim. Binnen de kortste keren was ze een eind bij hem vandaan.

Cas bleef staan, tot aan zijn pijnlijk krimpende tepels in het koude water, en keek. Hij kon zwemmen, natuurlijk, maar niet zoals zij. Elke poging zou belachelijk zijn. Hij draaide zich om en waadde terug naar de oever. Daar plofte hij in het warme zand. Hij hoefde niets te verbergen, de kou had haar werk grondig gedaan.

Zodra ze zag dat hij het water uit was, begon ze terug te zwemmen. Op haar buik nu, waarbij ze haar gezicht langer onder water hield dan hij voor mogelijk hield. Ook nu zwom ze sierlijk, haar armen in een gelijkmatig tempo. Bij elke slag blikkerde de zon in de waterdruppels op haar schouders.

Waternimf, dacht Cas. Toen ze uit het water verrees, langzaam en voorzichtig, steeds iets meer van haar lichaam tonend alsof het een striptease-act was, moest hij zich toch weer op zijn buik draaien.

Ze kwam dicht tegen hem aan liggen, rillerig en nat. Cas draaide zijn gezicht naar haar toe zodat hun lippen elkaar bijna raakten.

'Je kan toch wel zwemmen?' vroeg ze.

'Het was te koud,' mompelde hij. 'En ik ben niet zo goed als jij.'

'Pak me eens vast. Echt stevig.'

Er parelden waterdruppels aan haar wimpers. Cas wist niet wat hij moest zeggen. Hij probeerde uit alle macht aan iets anders te denken, aan natuurkundige proeven, antieke auto's, waterijsjes – nee, waterijsjes niet. En ondertussen draaide Marit zich op haar zij en begon hem tegen zich aan te trekken. Haar borsten schuurden langs zijn bovenarmen en haar tong draaide cirkeltjes in zijn oor. Dat hielp allemaal ook niet mee.

'Wat is er nou? Schaam je je soms?'

Ja precies! Hij schaamde zich. Het was waarschijnlijk grote onzin, hij kon er tenslotte niets aan doen, maar hij schaamde zich kapot voor dat grote, kloppende ding in zijn shorts. Dat ding dat maar deed waar het zin in had, het enige deel van zijn lijf waar hij geen enkele controle over had. Hij was volslagen hulpeloos en moest zijn best doen niet kwaad te worden.

'Wat is er dan?'

Ze richtte zich half op en bestudeerde zijn lichaam, haar vingers gleden strelend over zijn rug.

'Je ziet er toch prima uit? Ik vind je mooi...'

Cas wendde zijn hoofd af en drukte zich nog steviger in het zand.

'Ik jou ook. Daarom juist...'

Even was ze stil. Ze liet zijn opmerking op zich inwerken. Toen begon ze te giechelen.

'Heb je een stijve? Ja? Laat eens kijken dan!'

Cas peinsde er niet over. De woede greep hem bij de keel. Hij griste zijn kleren bij elkaar, sprong op en rende het struikgewas in. Daar sjorde hij met moeite zijn broek over zijn natte benen. Ze kwam hem niet achterna.

Waarom was hij zo kwaad? Het kon niet aan Marit liggen, die had niets fout gedaan. Hijzelf ook niet, niet bewust. En op de natuur kon je ook niet kwaad zijn, die ging gewoon haar gang. Misschien was zijn woede niets meer dan vermomde angst. Angst voor het nieuwe, het spannende. Het échte van dit alles.

Maar nu zakte de woede naarmate hij meer bedekt raakte. Verward en onzeker liep hij naar haar terug. Zij was ook al bijna aangekleed.

'Sorry,' zei ze.

Hij mompelde wat.

'Ik wou alleen, ik was gewoon...' probeerde ze.

Hij bleef staan, een paar stappen van haar verwijderd. Ze keek naar hem, dat voelde hij. Hij keek naar het zand tussen zijn blote tenen.

'Hé,' zei ze. 'Ik hou toch van je. En ik was ook... Maar dat valt niet zo op.'

Dat was niet waar, hij had het wel gevoeld: aan haar keiharde tepels tegen zijn arm. Hij wist uit de boekjes wat dat betekende.

Ze liep naar hem toe en gaf hem een klapzoen op zijn lippen.

'Misschien moeten we gewoon... Heb jij van die dingen?'

Hij wist meteen wat ze bedoelde. Maar nee, hij had ze niet. Zijn ouders ook niet, hij had er weleens naar gezocht. Ook weer zoiets wat je niet ging vertellen. Er viel een ongemakkelijke stilte.

'Gek staan we te doen,' zei ze ten slotte.

Hij keek haar aan. Haar gezicht was minstens zo rood als het zijne, er was haast geen bruin meer te zien.

'Zou je het willen?' fluisterde hij.

Ze dacht even na en knikte toen.

'Ja, ik wil het wel. Ik wil alles meemaken. Met jou.'

Onmiddellijk joegen de opwindendste gedachten door zijn hoofd. Alle foto's die hij had gezien, maar nu met Marit in de hoofdrol. Zijn Marit, zijn waternimf. Hij schrok van al die heftigheid opeens.

'Koop jij ze dan?' vroeg ze.

Dat bracht hem met een schok terug op aarde. Hij knikte stom. En meteen waren er andere gedachten. Hij zag zichzelf bij de drogist staan, de secretaris van de winkeliersvereniging waar zijn vader voorzitter van was. Hij zag de vrouw van de drogist op de achtergrond, met die strenge ogen achter haar brilletje.

'Ik... Alleen niet meteen misschien,' zei hij zacht. Mannen denken altijd maar aan één ding, dacht hij grimmig. En nu het zo dichtbij komt, moet ik er niet aan denken...

Het viel allemaal niet mee.

Een klucht

Het was heel snel normaal en vertrouwd geworden, alsof ze al vanaf hun kleutertijd met elkaar gingen. Cas was kind aan huis in het hotel, schilderde en timmerde mee als hij tijd had. Marit veroverde het hart van Cas' moeder zo gauw die had gemerkt dat ze een zwak had voor Winnie-the-Pooh. Op school waren ze nu ook een geaccepteerd stel; er werd niet meer gelachen of gefluisterd als ze voorbijkwamen. Cas en Marit, uitgemaakte zaak.

Hij had geen tijd meer voor zijn vrienden. Nou en? Hij vond het best dat ze steeds minder vaak belden. Hij was te vol van Marit om hen te missen. Hij was in de zevende, misschien zelfs wel de achtste hemel.

Maar over dat alles lag de schaduw van de zware taak die Cas beloofd had te zullen volbrengen. Hij moest die dingen kopen, en al te lang wachten kon hij niet. Daar werd het alleen maar moeilijker door.

Een paar keer al was hij bij de drogist naar binnen gestapt. Daar wachtte hij dan net zo lang tot er geen andere klant meer in de winkel was, zijn ogen steels gericht op de plexiglas display op de toonbank. Daar lagen ze, in vrolijk gekleurde doosjes alsof het snoepjes waren. Ze wenkten hem, lachten hem toe met hun beloftes van aardbeiensmaak en extra ribbels. In zijn hoofd herhaalde hij de simpele boodschap steeds maar weer, zelfs zo vaak dat hij soms dacht dat hij hem al uitgesproken had. Maar telkens weer kwam hij naar buiten met een ons muntendrop of iets anders waar hij totaal geen behoefte aan had. De drogist en zijn vrouw begonnen hem steeds vreemder aan te kijken. Zo leek het tenminste.

Sukkel van het jaar.

Marit vroeg er vooralsnog niet om en dat vond hij geweldig van haar. Ze lagen weleens te vrijen op haar kamer, of in de duinen, maar als hij dan niet verder ging dan wat voelen en strelen, glimlachte ze en gaf hem een kus op zijn neus. Ze hadden elkaar nog nooit naakt gezien.

Eigenlijk vond Cas het wel goed zo. Het was veilig, je kon blijven dromen over seks en het lag onder handbereik, tuurlijk, vanavond kon het al gebeuren. Maar het hóéfde niet. En dus kon het ook niet misgaan. Het bleef perfect.

Af en toe vroeg Cas zich af of de situatie wel normaal was. Op de oever van 't Wed had Marit tenslotte nog gezegd dat ze gek stonden te doen. Misschien was dat ook wel zo. Maar aan wie kon hij het vragen? Was er iemand met wie je over zulke dingen kon spreken?

Had hij maar een oudere broer gehad. Een leuke oudere broer dan. Maar Cas was enig kind. Zijn ouders hadden minder moeite met geboorteperking gehad dan hijzelf, schreef hij op een avond in zijn dagboek. Alweer een sterke eerste zin van de roman die hij nooit zou schrijven.

Op de laatste schooldag voor de zomervakantie was Marit opeens resoluut geworden. Ze stonden samen op het plein, te midden van een grote groep leerlingen. Ze hadden net de brugklassers uitgewuifd die op schoolkamp gingen. Volgend jaar, in de vierde, zouden Cas en Marit mee moeten als begeleiders. Ook niet iets om naar uit te kijken. Daar stond Cas aan te denken toen Marit hem opeens bij zijn arm pakte.

'Als jij ze niet koopt, doe ik het,' zei ze, vanuit het niets en veel te hard.

Cas voelde hoe hij kleurde en keek schichtig om zich heen. Had iemand het gehoord? Hij trok haar mee naar een rustig hoekje van het plein.

'Wat heb jij nou opeens?'

'Precies wat ik zeg. Ik wacht al een maand. Ga je het nog doen of niet?'

Heel even overwoog hij om de opdracht terug te geven. Waarom zou zij het niet kunnen doen? Ze had er vast geen enkel probleem mee. Zij had sterke benen. Maar was dat geen afgang? En gaf hij daarmee niet de regie uit handen? Natuurlijk, hij zou van sukkel van het jaar promoveren tot sukkel van de eeuw.

'Ik ga vanmiddag,' zei hij mat, en hij geloofde het zelf.

In de toiletten van café Suyderooghe hing een automaat, wist hij. Maar dat was de stamkroeg van veel van zijn klasgenoten en op vrijdagmiddag was het er altijd druk. Misschien kon hij het op het station proberen. Maar toen hij daar aankwam, plakkerig van de hitte, werden de wc's net gedweild door een vervaarlijk uitziende dame in een knalroze schort. Mismoedig fietste hij terug naar de boekwinkel.

Marit zat al op hem te wachten in de keuken. Ze dronk thee met zijn moeder. Haar ogen lichtten even op toen hij binnenstapte en hij ontweek haar blik. Lafaard, schoot het door hem heen. En nog iets ergers: je bent het niet waard haar vriend te zijn.

Vrijdagavond was hun avond. Dan keken ze samen televisie op zijn kamer of ze vreeën wat op de hare. Als het mooi weer was, reden ze naar het strand of 't Wed om te zwemmen. Het werd druk in Zuideroog, het kleine hotel zat vol en in de boekwinkel moesten de hobbyboeken plaatsmaken voor een stapel buitenlandse kranten.

'Ik ga maandag naar hockeykamp,' zei Marit terwijl ze langs de Oude Haven fietsten.

'Ik weet het. Hoe lang is dat?'

'Twee weken.'

Cas rekende het uit.

'Dan ben ik net weg als jij terugkomt. Ik ga naar Frankrijk, met m'n oom en tante.'

'Gezellig.'

'Er gaan ook twee neven mee. Neef Thomas en Neef Nicht.'

Die toevoeging was bedoeld om het gesprek een andere wending te geven, maar Marit reageerde er niet op. Ze keek recht voor zich uit en trapte stevig door.

'Dus we zien elkaar meer dan een maand niet,' zei ze.

'Ik neem m'n mobiel mee.'

'Dat is niet hetzelfde. Kom.'

Onverwacht sloeg ze rechtsaf, de Stationsstraat in. Cas moest hard in zijn remmen knijpen om de bocht te halen en haar te volgen.

'Wat ga je doen?' vroeg hij, terwijl hij het eigenlijk wel wist.

Ze antwoordde niet maar fietste door in een haast olympisch tempo. Langs de begraafplaats ging het, langs hun school en nog verder, tot in Wijk Noord. Daar stapte ze af bij een snackbar die CafetaRia heette. Binnen was het vol, Cas herkende een gezicht van het Rhijnvis Feithcollege. Even was hij in de war. Wilde Marit gewoon iets eten?

'Om de hoek, in de steeg, hangt een automaat. Niemand ziet je daar. Gaan.'

'Hoe weet jij...'

'Van de meiden. Meiden weten alles.'

Was dat zo? Het leek er soms wel op. Misschien deden ze maar alsof, met die betekenisvolle blikken. Cas zette de gedachte van zich af. Dat hij Marit nooit helemaal zou kunnen doorgronden was nu juist wat haar zo fascinerend maakte.

Hij viste wat euro's uit zijn broekzak en liep de steeg in.

Binnen een paar tellen was hij terug, een kleurig doosje rijker. Fluitje van een cent.

Toen hij zijn fiets wilde pakken, ging de deur van de snackbar open.

'Hé Cas, hoi Marit,' hoorde hij.

Zonder te kijken wie hem begroet had, sprong hij op het zadel en racete weg alsof de duivel hem op de hielen zat. Achter zich hoorde hij Marit lachen. Het klonk lang niet zo verrukkelijk als anders.

Ze haalde hem pas in toen hij alweer bij de hervormde kerk fietste. Zijn hart stond zo'n beetje op barsten van de inspanning en hij zweette als een gek, maar zij hijgde niet eens.

'Hier stoppen,' zei ze rustig. 'Dit is een goede plek.'

'Op het kérkhof?'

'Nee, achter de pastorie. Daar woont niemand. De nieuwe dominee komt pas volgende maand.'

Cas vroeg maar niet meer hoe ze zulke dingen wist.

Ze reed het tuinpad op en zette haar fiets achter het huis. Het was er doodstil en de donkere kamers waren inderdaad leeg, zag Cas. Marit had haar zaakjes grondig voorbereid.

Het zou weer een moment worden, deze avond in de verwilderde tuin. Een belangrijk moment waar hij bang voor was, maar waarnaar hij ook verlangde. Vanavond zouden ze over een drempel stappen, samen, en bij die gedachte huiverde hij even. Hij probeerde uit alle macht zijn angst om te zetten in verlangen.

Marit trok hem mee de tuin in. Aan het eind, onder hoge, ruisende populieren, was het gras bijna kniehoog. Daar ging ze zitten en hief haar gezicht verwachtingsvol naar hem op.

Cas keek om zich heen. Achter de bomen stond een kast

van een huis, zag hij. In een van de kamers brandde licht.

'Dat is een oude notaris,' zei Marit lachend. 'Bij hem hebben we ons hotel gekocht. Wees maar niet bang, die haalt het niet tot hier. Niet zonder extra zuurstof tenminste.'

Goed, dit was het dan. Geen excuses, geen uitstel. Het ging gebeuren. In het gras van de hervormde pastorie. Cas rilde nogmaals in de warme juli-avond.

'Kom zitten, gek,' zei Marit. 'En laat die dingen eens zien.'

Ze was vrolijk, lacherig. Blij als een klein meisje leek het wel. Een kleuter op schoolreis.

Cas voelde zich ook een kleuter, maar dan op de eerste schooldag. En er was niemand om zijn hand vast te houden. Ja, Marit, maar wie wist wat zij met die hand zou gaan doen?

'Kom nou maar,' zei ze, zachter nu. 'Het geeft niet. Ik hou toch van je.'

Wat er ook gebeurt, zong het door zijn hoofd. Een reclamekreet. Hij liet zich in het gras vallen als een vuilniszak. Willoos. Sprakeloos.

Marit kroop dicht tegen hem aan en peuterde het pakje condooms uit zijn broek. Ze scheurde het cellofaantje eraf. Terwijl ze het verfrommelde en in haar zak stopte, keurig opgevoed als ze was, las ze de verpakking.

'Chocoladesmaak?' vroeg ze verbaasd. 'Ze zijn toch niet om op te eten?'

Cas dacht aan de boekjes en zweeg.

In het pakje zaten kleine, blauwe envelopjes. Marit nam er eentje tussen duim en wijsvinger en scheurde er voorzichtig een randje af. Er kwam iets uit wat nog het meest leek op het plastic velletje rond een bierworstje, maar dan breder en bijna helemaal opgerold.

Marit giechelde en probeerde het velletje een stukje af

te rollen. Meteen hield ze twee helften in haar handen. Ze bloosde.

'Wat is dat nou? Dat hoort toch niet?'

Cas boog zich over haar heen en pakte het doosje uit het gras.

'Hier,' zei hij. 'Ze zijn te oud. Bijna twee jaar over datum.'

Hij voelde een enorme opluchting. Hij moest zelfs lachen toen Marit het doosje met inhoud kwaad tussen de struiken slingerde. Keurig opgevoed als ze was.

'Het geeft niet,' zei hij. 'Ik hou toch van je.'

Maar dat vond ze niet leuk en ze liep naar haar fiets. Weer had hij moeite om haar bij te houden en ze vreeën die avond niet. Er kon zelfs nauwelijks een zoen af.

Toen hij terugkwam uit Frankrijk was ze aan de pil.

Terug naar school

Dat van die pil was even wennen geweest. Vooral ook omdat het nieuws zo echt op z'n Marits werd gebracht, als een klein berichtje op pagina vijf van de ochtendkrant. Cas was net een uur uit Frankrijk terug en ze zaten samen naar de zee te staren, schuilend voor de regen onder de vlonder van de strandtent.

'Ik heb al je berichtjes bewaard,' zei Marit.

'Ik die van jou ook,' zei Cas. 'Allemaal. En toen heb ik m'n mobiel laten liggen op het fietspad bij de camping.'

'Op het fietspad?'

'Daar zaten we 's avonds met een groepje. Omdat het asfalt nog zo lekker warm was.'

'Gezellig.'

Er was ook een meisje geweest, Frédérique, maar daar vertelde Cas niets over. Er viel niets te vertellen. Ja, ze hadden een keer gezoend. Dat kwam door de wijn, plastic bekers vol wijn uit een plastic container, wijn van een paar euro per hectoliter, rode rivieren van wijn. Ze had hem *méchant* genoemd, slecht, en dat was precies hoe hij zich gevoeld had. Dagenlang had hij het fietspad gemeden tot ze terug was naar Parijs. Niet van belang. Ongelukje.

'Ja, gezellig.'

'Ik ben aan de pil, trouwens.'

'Waarom?' Cas flapte het eruit voor hij er erg in had.

'Wat denk je?'

Hij zweeg. Boven zijn hoofd ruiste de regen en in zijn oren ruiste het bloed. Er was niemand buiten, vanuit de strandtent klonk gedempte feestmuziek.

'Omdat ik niet meer wil wachten,' zei Marit. 'Maar dat

moet wel, want de eerste weken is het nog niet veilig. Je kunt er dus nog even aan wennen.'

Cas raakte geïrriteerd. Ze behandelde hem bijna als een kleuter en dat had hij niet verdiend, hoewel hij zich zo vaak, en ook nu weer, een kleuter vóélde. Maar dat was iets van hemzelf.

'Cas, jij wilt het toch ook? We zijn toch oud genoeg? Volgens mij moet je er niet zo bang voor zijn, je moet het gewoon doen. Iedereen doet het! De hele wereld, en niemand maakt er zo'n probleem van!'

Of dat laatste nou helemaal waar was... Er schoot een liedje door Cas' hoofd, een oud liedje over Nederland: *'Vijftien miljoen mensen...'* Ondertussen waren het er bijna twee miljoen meer geworden. De mensen zaten inderdaad niet stil.

'Als we weer naar school gaan,' zei Marit.

Ze trok hem tegen zich aan en kuste hem. Hij kuste haar terug, dapper en liefdevol.

Nog twee weken, dacht hij. Nog twee weken tot school weer begint.

Al na een paar weken werd Cas gevraagd om in de redactie van de schoolkrant te komen. De vraag kwam van Van Baal, de leraar Nederlands.

'Jij had vorig jaar toch van die mooie liefdesgedichtjes ingestuurd?'

Cas bloosde. Het was waar, hij had zijn dromen over Marit in de kopijbus in de centrale hal gegooid, maar hij had er een schuilnaam onder gezet. Het was de bedoeling dat hij anoniem zou blijven.

'Het grootste deel van de inzendingen is anoniem,' zei Van Baal lachend. 'Gelukkig was jij zo sympathiek om je werk in handschrift in te leveren. En ja, dan ben je er gauw bij natuurlijk. Wat denk je ervan?'

'Ik schrijf wel veel,' zei Cas aarzelend.

'Natuurlijk schrijf jij veel. Als je wilt overhouden wat jij zoal inlevert, moet je veel geschreven hebben. En weggegooid. We willen je er graag bij hebben.'

Cas was vereerd. Hij vroeg nog wel wie er nog meer in de redactie zaten. Het waren namen die hem niets zeiden.

'En we vragen nog een nieuwe,' zei Van Baal. 'Kun je dinsdagavond?'

Cas knikte. Bij de schoolkrant! Nu de eerste verbazing was gezakt, kon hij alleen maar blij zijn. Natuurlijk had hij dit gewild. Waarom wist hij dat altijd pas achteraf? Hij kon niet wachten om het aan Marit te vertellen.

'Schrijf jij dan?' vroeg ze.

Hij had haar nog nooit iets laten lezen. Waarom eigenlijk niet? Het had weer te maken met schaamte, die verdomde schaamte over van alles waar je niks aan had.

'Versjes,' zei hij. 'Soms.'

'Over mij?'

'Ook.'

Ze dacht even na. Dat was altijd een mooi gezicht, omdat er dan een kleine rimpel verscheen, vlak boven haar neus.

'Ik denk, je borsten zijn als hertjes, want zo menig jager ziet ze als zijn prooi,' citeerde ze opeens.

Hij bloosde. Het was zeker niet zijn sterkste gedicht, maar ze had het gelezen. En onthouden. Dus wist ze dat hij schreef! Meisjesgedrag...

'Ja, dat is van mij.'

'En het gaat...'

'Over jou.'

'Hertjes...' zei ze met een lach. 'Waarom ook niet.'

Ze sloeg haar armen om zijn nek en kuste hem.

En dat was zo geweldig van Marit: ze had geen problemen met hem. Zij vond hem niet klein, zij lachte om zijn schaamte. Zij gaf hem op zijn donder als hij erom vroeg. En als hij daar dan kwaad om werd, redeloos woedend soms, was er altijd net op tijd die kus, die blik, die kleine streling. Hij groeide door haar, dat wist hij zeker. Zijn kwaadheid kwam vaak voort uit angsten. Ooit zou het helemaal goed komen met hem. Als ze maar altijd bij hem bleef.

De eerste redactievergadering was thuis bij Rombouts, een tekenleraar die Cas niet zo goed kende. Het was een artistiekerig ingerichte, rommelige flat bij het station. Cas was te vroeg en dat was prettig: nonchalant een kamer vol vreemden binnen wandelen was nooit zijn sterkste punt geweest.

De tweede die binnenkwam was een roodharige schoonheid die Isis bleek te heten. Is-is, dacht Cas ogenblikkelijk. Dubbel-is. Zijn. Daar zat wel een versje in, maar dan niet voor de schoolkrant. Dan zou Marit het lezen.

Van Baal kwam binnen en begon geestdriftig handen te schudden.

'Leuk, leuk, dag Cas, goed dat je er bent.'

Er druppelden nog wat leerlingen de flat binnen, als laatste een Marokkaanse jongen, die nogal stilletjes ging zitten.

'Samir Saoudi,' zei Rombouts. 'We hebben ook nog Sammy Soutendijk benaderd, maar die wil anoniem blijven.'

Dat was jammer, vond Cas. Hij kende de gedichten van Sammy Soutendijk goed. Soms begreep hij ze niet helemaal, maar ze waren altijd geestig. Hij had de schrijver graag willen leren kennen.

Ook nu was er een gedicht van hem bij de inzendingen en Samir moest het voorlezen. Hij begon er wat ongemakkelijk aan.

'Dag trein op de dijk naar het eind, toetoet, dag pijp in de dijk, dag rat in de pijp...'

Paul van Ostaijen! Gewoon gejat. *Dag stoel naast de tafel...* En Samir wist het ook.

'Het is plagiaat,' zei hij. 'Ik vind dat we het niet moeten plaatsen.'

Daar ontstond een discussie over. Uiteindelijk was iedereen vóór plaatsing en werd het tijd voor koffie. Isis en Samir verdwenen in het keukentje.

'Kent u Sammy Soutendijk?' vroeg Cas aan Rombouts.

'Vrij goed, maar hij wil niet bekend worden. *My lips are sealed.* Jij had toch ook een pseudoniem?'

Cas bloosde. Hij leverde zijn gedichten altijd in onder de naam 'Amoureux', maar achteraf was hij daar niet gelukkig mee. Te Frans. Te Frédérique.

Na de vergadering sprak Cas Samir aan in de hal van het flatgebouw.

'Ken jij Sammy Soutendijk?'

'Nee. Hoezo?'

'Gewoon...'

Maar Samir was al vertrokken, fluitend. Die had sinds het koffiezetten duidelijk iets anders aan zijn hoofd.

Tijdens Frans

Het regende bijna voortdurend in die dagen, de natste nazomer sinds een eeuw. In de school hing permanent de bedompte geur van opdrogende spijkerbroeken. De helft van de leraren was verkouden en de andere helft chagrijnig. Het was duidelijk dat er slachtoffers gingen vallen.

De eerste die sneuvelde was mevrouw Lindhout, of Landoet zoals ze zichzelf noemde. Na twee lesuren hield ze het voor gezien en kroop thuis in bed met warme thee. *Du thé chaud.* Cas en Marit hadden vandaag geen Frans.

'Wil je naar de stad?' vroeg ze.

Cas keek naar de druipende bomen op het schoolplein en schudde zijn hoofd.

'Ik heb nog wat te doen voor de schoolkrant. Dan is het maar af.'

De schoolkrant werd in elkaar gezet in een benauwd hok onder het toneel in de aula. Je kon er alleen komen als je je door het souffleurshok liet zakken; de deuren, die er wel waren, werden geblokkeerd door kasten en tafels. Dat maakte het tot een soort rovershol, een geheime plek. Er werd zelfs openlijk gerookt en op de een of andere manier paste dat bij de schoolkrant.

Marit vergezelde Cas door de vreemd lege gangen. Ze kwamen de directeur nog tegen, en hij knikte hen vriendelijk toe in plaats van te vragen of ze geen les hadden. Vierdeklassers werden geacht zelf hun zaken te regelen. Of hij wist van het uitgevallen uur, dat kon natuurlijk ook.

De aula was uitgestorven. Zelfs dikke Maria van de thee en de gevulde koeken was nergens te bekennen. Met een vreemde haast, die voortkwam uit een vermoeden van wat ze gingen doen, gleden ze via het souffleurshok naar beneden.

In het redactielokaal hing een doodse stilte. Marit liep naar de kast met oude jaargangen en begon te bladeren. Cas zette de computer aan en selecteerde wat teksten die per e-mail waren binnengekomen.

E-mail was natuurlijk pas echt anoniem, bedacht hij zich. Dat hij daar niet op gekomen was! Maar liefdesgedichten kon je eigenlijk niet digitaal versturen. Die hoorden met een kroontjespen op hagelwit papier geschreven te worden. Zolang de liefde zal blijven bestaan, noteerde Cas in zijn denkbeeldige citatenboek, is er hoop voor de pennenindustrie.

Er was een kort opstel van een brugpieper over vogels kijken, een parodie op *Gullivers reizen* van twee malloten uit de derde en nog wat ongeregeld spul. Samen waren het net twee leuke pagina's vol.

'Hé,' zei Marit, opeens vlak achter hem. 'Deze had ik gemist.'

Ze legde een opengevouwen schoolkrant over zijn toetsenbord en hij herkende zijn eigen versje van een half jaar geleden:

Tijdens Frans

Er stroomt een klein riviertje zon
en daarin ligt precies Haar Pen.
Al sinds dat deze les begon
voel ik, dat ik gelukkig ben.

'Amoureux'

'Tijdens Frans,' zei ze.

Ze leunde over hem heen en wreef met warme handen over zijn borst tot die begon te gloeien onder zijn T-shirt. Haar tong likte zijn oorschelp schoon. Cas draaide zich half om op zijn kruk zodat ze op zijn schoot kon komen zitten, wat ze ook deed. Mond aan mond, lijf aan lijf.

'Ben je klaar?' hijgde ze tussen zijn tanden. 'Ik nog niet.'

Hij schrok van haar directheid, maar wat kon hij doen – wat wilde hij doen? Haar sterke benen omklemden hem en haar hand zocht zich een weg naar beneden, waar het al klopte en broeide. Ze bevoelde hem, greep hem vast, worstelde met gespen en knopen.

Hij liet haar begaan. Het was goed, hij wilde nu ook. Hij wilde haar zien zoals ze was, hij wilde haar overal voelen, één met haar worden, haar bezitten – als zoiets kon. Zijn vingers knoopten haar blouse los, zochten op haar rug naar het haakje van haar beha.

'Voorsluiting,' siste ze.

Stukje bij beetje gaven ze zichzelf bloot aan elkaar, deelden hun opwinding en lachten. Ja, er kon gelachen worden: om zijn piemel die vreemd scheef in zijn te krappe onderbroek stond, om haar spijkerbroek die niet over haar schoenen wilde.

Maar toen ze eindelijk naakt waren, trots en schuchter tegelijk en gloeiend van liefde, was er alleen nog verwondering. Hoe zacht en warm ze was, hoe heet en hard juist hij. Hoe ze bij elkaar pasten.

Cas legde Marit voorzichtig op de gammele tafel en kroop over haar heen, kussend en strelend. Zij woelde met haar handen door zijn haar en staarde hem dromerig aan met vochtig stralende ogen.

Dit was het dan. Onwillekeurig gluurde Cas naar het luik, luisterde of hij voetstappen hoorde in de aula. Er bestond weinig kans dat er iemand kwam, maar toch...

Zo klein als hij zich nu voelde, met dat mooie, grote

vrouwenlichaam onder zich. Natuurlijk wist hij wat de bedoeling was, zo ingewikkeld was het allemaal niet. En toch joegen de zenuwen door zijn keel.

Hij kon het goede plekje niet vinden en ze moest hem helpen, met haar handen, alsof het een les was. En het deed pijn, bij haar én bij hem, maar het bleef een zachte pijn die te verdragen was.

'Voorzichtig,' zei ze. 'We zijn niks gewend.'

Daar lachten ze weer om in hun zenuwen en hij begon te bewegen, langzaam, voorzichtig inderdaad. De pijn werd minder, ebde weg. Er kwamen tintelingen voor in de plaats die voortrolden langs zijn rug tot hoog in zijn nek, in zijn hersens. Hij keek haar aan, zocht naar bevestiging, wilde weten of dit het was wat ze gewild had. Maar zij hield haar ogen gesloten, rolde met haar hoofd heen en weer en beet op haar onderlip tot het bloedde.

Ze kreunde ook, zacht en melodieus, en dat werd hem te veel. De kramp leek vanuit zijn tenen te komen en benam hem haast de adem. Ze sperde haar ogen wijd open en trok haar rug hol, duwde zich tegen hem aan, panisch haast. De tranen stroomden over haar wangen.

'Heb je pijn?' vroeg Cas geschrokken, zo gauw hij weer praten kon.

Ze schudde van nee en lachte alweer, terwijl de tranen bleven komen.

'Ik wilde zo graag,' fluisterde ze.

Eigenlijk wist hij niet of het nou, wat je noemde, 'goed' was geweest. Hij had ook geen idee hoe hij dat had moeten vragen. Maar uit de manier waarop ze naar hem keek, toen de tranen waren opgedroogd, kon hij wel vertrouwen putten.

Ze kleedden zich aan, langzaam en zwijgend, zonder naar elkaar te kijken. De stilte in het hok leek nog intenser, het was de stilte van een kathedraal geworden. Toen ze klaar waren, kruisten hun blikken elkaar. Ze glimlachten even, een bevestiging van het geheim dat ze samen deelden.

Was het goed geweest? Het was in elk geval allemaal erg snel gegaan, veel sneller dan wat je weleens op televisie zag, na twaalven. En dat was meestal ook een stuk atletischer. Nee, als er een filmploeg bij geweest was, in dat redactiehok, hadden de opnamen vast niet veel opgebracht.

Maar ze waren man en vrouw nu, bedacht Cas trots. Niet voor de wet, niet voor een officiële god, maar voor de maan en de sterren en voor Moeder Aarde. En, wat nog veel belangrijker was, voor elkaar.

Zo voelde het echt, terwijl ze door de lange gangen van het Rhijnvis Feithcollege liepen. Het ontbrak er nog maar aan dat er een erehaag stond. Aan het eind van een gang schoot Marit het meisjestoilet in, omdat er iets begon te lekken. Zo zei ze het. Zo heel gewoon.

Het was vreemd om even later samen in de klas te zitten en naar een leraar te luisteren. Komisch om weer gewoon te praten met de klasgenoten, alsof er niets gebeurd was. Hilarisch om in de tweede pauze naar Samir te lopen en te zeggen: 'Ik heb net nog wat klaargemaakt in het redactiehok,' en dat hij daar vervolgens heel normaal op reageerde.

En steeds was Marit dicht bij Cas in de buurt, steeds wilde ze hem aanraken of gewoon naar hem kijken met die stralende ogen van haar.

Nee, het was niet goed geweest.

Het was fantastisch geweest.

En toch moest hij het vragen, die middag in de fietsenstalling. Hij wist zelf niet waarom, besefte heel goed dat hij alles kon bederven met zijn vraag. Misschien was het met

hem net zo als met zijn vader. Die had een kop vol nutte-
loze informatie, volgens zijn moeder dan.

'Vond je het eigenlijk lekker?'

'Daar heb ik niet op gelet,' zei ze ernstig.

Het was een onverwacht antwoord en hij moest erover
nadenken.

'Waar lette je dan wel op?' vroeg hij ten slotte.

'Op jou, op alles. Op niks.'

Ze fietste naar buiten, de regen in. Hij volgde haar. Toen
hij naast haar kwam, wendde ze haar gezicht naar hem toe
en glimlachte. *Er gleden druppels langs haar wangen die aan
haar kin bleven hangen.* Weer een versje.

'Luister, gek,' zei ze. 'Het was de eerste keer, oké. De volgende keer zal ik beter opletten.'

Gelukkig getrouwd

38 | Er kwam een volgende keer, er kwamen ontelbaar veel keren. Of ontelbaar, in het begin telde Cas wél; hij hield een soort boekhouding bij in zijn schoolagenda en vaak schreef hij erover in zijn dagboek. Voor elke keer een kruisje – wie had dat lang vóór hem ook al eens gedaan? Maar de lol ging eraf en het was ook eigenlijk een beetje kinderachtig. En zo werd het ontelbaar.

Ontelbaar en oneindig mooi. Cas kon zich totaal niet meer voorstellen waar hij toch zo bang voor was geweest. Al vanaf die eerste keer hadden ze gelachen, om elkaar en om de situatie. Dat hielp; het was geen wedstrijd of test. Het was het meest intense samenzijn dat er bestond en daarbij mocht je jezelf zijn, klein, bang, dapper, sterk en dat liefst ook allemaal tegelijk. Het kon niet misgaan als je van elkaar hield. En er was altijd iets te leren.

Ze leerden veel, van elkaar en over elkaar. Ze lazen ook boeken, hardop en giechelend, en wat ze daarin tegenkwamen, probeerden ze uit. Op een dag nam Cas zelfs een boekje uit de boekwinkel mee, maar daar kon Marit niet naar kijken.

'Het lijkt wel een folder van het abattoir,' zei ze.

Cas besloot ter plekke om nooit meer in die hoek van de winkel te komen. Hij hield het een paar weken vol.

Toen de weken maanden werden en de winter kwam, waren er ook dagen dat ze liever gingen schaatsen. Of video kijken, gewone films, met thee erbij. Dat was niet beter of slechter, het was anders. Het was goed.

'We lijken wel getrouwd,' zei Marit.

'Dat zijn we toch ook,' zei Cas.

'Dan moeten we ook ruzie hebben,' bedacht Marit. 'En we hebben nooit ruzie.'

Dat vond Cas onzin. Zijn ouders hadden ook nooit ruzie en toch waren ze zo getrouwd als de pest.

'Dat komt doordat ze nooit met elkaar praten,' zei Marit. 'Dan is het nogal makkelijk natuurlijk.'

'Wat weet jij daar nou van? Hoe lang ken je ze eigenlijk?'

'Lang genoeg. Mijn ouders praten heel veel.'

'O, en dat is dan beter?' Cas begon zich op te winden. 'Vind je niet dat mijn ouders oud en wijs genoeg zijn om zelf uit te maken wat goed voor ze is?'

'Ik bedoel er toch niks mee...'

'Mijn ouders zijn de beste ouders van de wereld toevallig!'

Dat was niet bepaald waar. Hij had het niet slecht bij ze, maar dat was alles wat je erover kon zeggen. Bij Marits ouders voelde hij zich meer op zijn gemak. Maar dat gaf Marit nog niet het recht de zijne af te kraken.

'Oké, oké,' zei ze verzoenend.

Er viel een ongemakkelijke stilte. Marit begon te giechelen.

'Wat nou weer?'

'We hebben ruzie.' Ze lachte, en kuste hem vol op de mond. 'Echte ruzie.'

Ja, ze waren gelukkig getrouwd.

En toch kwamen er barstjes, kleine dingetjes. Met de tijd werden het er meer.

Valentijnsdag bracht bloemen en knuffelbeestjes, maar ook een zware storm die het wrak van een Oost-Indiëvaarder blootlegde, pal voor de strandopgang. Cas wilde kijken en Marit ook wel, maar niet zo lang als hij; het was haar te koud. Daar kregen ze ruzie om, hun tweede ruzie, en Marit liep boos en alleen het strand af. Het was de eerste keer dat ze afscheid namen zonder een kus.

Even later ging het mis bij techniek. Schutte legde uit dat je toch echt twee polen nodig hebt om een elektrische stroom op gang te brengen: 'Zelfs als je je vingers in het stopcontact steekt.' Cas had daarover nagedacht en toen serieus gevraagd: 'En als je dan op één been gaat staan?' De hele klas was in bulderend gelach uitgebarsten, Marit ook. En ze bleef hem er maar mee plagen. Veel te lang, volgens Cas. Hun derde ruzie.

Maar de ergste bedreiging was Nicole, een sierlijke verschijning met lang blond haar en een neuspiercing die haar op het randje van ordinair bracht.

Ze was hem voor het eerst opgevallen toen ze meedeed aan een improvisatievoorstelling vlak voor de herfstvakantie. Het stuk was geïnspireerd door de symbolen van de tarot en Nicole was aan het eind verschenen in een strak paardrijkostuum, inclusief zweepje. Door de manier waarop ze haar medespelers van het toneel ranselde had Cas begrepen dat ze de Dood moest voorstellen en hij had er erg om gelachen. Na afloop had hij haar complimentjes gemaakt. Iets te veel complimentjes, volgens Marit.

En daarmee had hij, helemaal in de lijn van het stuk, het onheil over zich afgeroepen. Nicole trok zich niets aan van de ongeschreven code dat je elkaars vriendjes met rust moest laten. Ze drong zich op aan Cas en hij vond dat leuk, ook al bezwoer hij Marit dat er niets aan de hand was. Waarom zou hij niet met andere meisjes mogen praten? Ja, waarom niet?

Het resultaat waren de ruzies vier tot en met elf.

Aan het eind van de winter was het gelukkige huwelijk een beetje uitgeblust. Natuurlijk hielden ze van elkaar, natuurlijk vreeën ze vol overgave en geen van beiden dacht ook maar een moment aan een ander. In elk geval niet vaak. Of serieus.

Cas maakte zich zorgen. Straks waren ze een jaar samen, en dan? Soms vroeg hij Marit wat ze ervan dacht. Hij was ondertussen dapper genoeg om over dat soort dingen te praten.

'Ik hou van jou,' zei Marit dan eenvoudigweg. 'Voor altijd.'

Daar was Cas altijd weer blij mee, maar het nam de twijfels niet weg. En toen begon zijn vader over de wintersport.

Cas en zijn ouders gingen al jaren skiën in Oostenrijk, altijd buiten de schoolvakanties vanwege de winkel, maar dit jaar zou het anders zijn. Zijn vader had op het internet iets gevonden over Lapland en was meteen enthousiast. Geen rijen bij de skilift, altijd sneeuw en geen eeuwigdurend carnaval bij de après-ski. Het ideale land om tot rust te komen.

Eerst vond Cas het maar niets, hij kreeg visioenen van eenzame vlaktes en de geur van natte sledehonden, maar dat veranderde toen zijn moeder voorstelde Marit mee te nemen.

'We huren een blokhut met twee slaapkamers, dus er is plek zat. Wat denk je, houdt ze van skiën?'

Cas moest toegeven dat hij dat niet wist. Maar ze was sportief genoeg, dus hij had goede hoop. Bovendien hoef je natuurlijk niet te skiën als je een blokhut tot je beschikking hebt.

Marit wilde heel graag.

'Ik heb weleens op ski's gestaan,' zei ze. 'Het lijkt me heerlijk om het weer eens te doen.'

Dat was dus geregeld, haar ouders moesten alleen nog even toestemming geven. En dat viel onverwacht niet mee. Ouders kunnen soms heel modern en makkelijk lijken, maar als het eropaan komt, zien ze altijd beren op de weg.

Er moest een bijeenkomst gepland worden, op een vrijdagavond, om de zaken eens goed door te spreken. Marits ouders kwamen naar de Oude Haven en bekeken de folders. Ja, het was allemaal heel aanlokkelijk, maar ze twijfelden toch. Het was niet zozeer dat ze Cas niet vertrouwden, of zijn ouders. Het ging (natuurlijk weer) om school.

'Het loopt allemaal net lekker,' zei Marits vader. 'Eerst dat halve jaar, en nu weer een week weg... Ik weet het niet.'

'Ik sta alleen maar voldoendes!' riep Marit uit. 'En het is heel goed voor mijn talen.'

'Voor je Fins,' zei haar moeder droog.

'Engels en Duits,' verbeterde Cas' vader. 'Iemand nog een wijntje?'

'Misschien krijgt ze niet eens vrij,' zei Marits vader terwijl hij zijn lege glas omhooghield.

'Dat zal toch wel?' zei Cas' moeder. 'Cas krijgt ook buitengewoon verlof, omdat we de boekhandel hebben. Dan lijkt het me voor een hotel helemaal geen probleem.'

Het kostte nog een fles wijn voor Marits ouders overtuigd waren. En vervolgens werd het een heel gezellige avond. Cas en Marit keken verbaasd toe hoe hun ouders, die elkaar toch nog maar oppervlakkig kenden, de grootste lol met elkaar hadden. Vooral Cas' vader had in tijden niet zoveel gepraat. Niemand had het in de gaten toen ze de kamer uit slopen en zich terugtrokken op Cas' kamer.

Daar vreeën ze weer eens uitgebreid, opgewonden door het vooruitzicht van een verre reis samen. Het voelde zo goed dat Cas niets hoefde te vragen. Gelukkig getrouwd zijn had zo z'n voordelen.

'We gaan ook met de hondenslee,' zei Marit dromerig toen ze tegen elkaar aan lagen na te genieten. 'Dat wil ik absoluut.'

'Geen sneeuwscooter?'

'Die maken herrie. Ik wil juist in de stilte zijn. Dat stond toch in de folder? Daar is het nog stil. Hier niet. Nooit.'

Cas sloot zijn ogen en luisterde. Er reed een auto voorbij en ergens in de verte schreeuwden een paar dronken jongens. Daarna was het stil, afgezien van een vliegtuig hoog boven hen en het gezoem van de computer op zijn vaders werkkamer. En het getik van de wekker. En de kerkklok die half elf sloeg. En dit, en dat, en nog honderd andere kleine geluidjes. En het gegiechel van Marit.

'Zie je wel,' zei ze. 'Hoor je wel.'

De momenten waren terug van even weggeweest.

De reis werd geboekt en het wachten begon. Nog vier volle weken, zonder vakanties. De winter verloor maar langzaam terrein en de dagen waren grijs en leeg.

Tot overmaat van ramp kwam Nicole, dé Nicole, in de redactie van de schoolkrant. Omdat ze zo mooi kon tekenen. Marit kon er moeilijk iets van zeggen – het was een besluit van de hele redactie – maar Cas merkte dat het haar niet lekker zat. Ze wilde bijvoorbeeld niet hebben dat hij met Nicole samen in het redactiehok kwam.

'En hoe moeten we de krant dan in elkaar zetten?'

'Dat zoek je maar uit. Je begrijpt me toch wel?'

Ja, hij begreep haar heel goed. Het redactiehok was hún plek, een heilige plaats. Maar hij zag niet goed wat hij eraan kon veranderen. Je moet het werk van het meisje kunnen scheiden; dat vond Cas wel een mannelijke gedachte.

'Er zitten nog meer meisjes in de redactie,' zei hij zwakjes.

'Allemaal geen bezwaar.'

'Maar hoe moet ik dan...'

Cas zag het alweer voor zich. Hij zou Nicole moeten vragen uit de redactie te gaan. Maar waarom? Misschien wilde ze niet echt iets van hem... Dan zou hij zich onsterfelijk belachelijk maken. Trouwens, in het andere geval ook. En zélf uit de redactie stappen? Hoezo dan, om welke reden – precies hetzelfde probleem. Er was geen uitweg zonder schaamte. Alweer schaamte, net terwijl hij dacht dat dat een beetje voorbij was.

Uiteindelijk ging Marit zelf op Nicole af, in de fietsenkelder, en maakte zo'n scène dat de school er nog weken over sprak. Nicole verliet de redactie een paar dagen later, zogenaamd omdat ze er te veel tijd aan kwijt was.

'Dat meisje van jou is een tijgerin,' zei Samir tegen Cas. 'Wat kan die meid vechten... Ik zou niet graag ruzie met haar hebben.'

'Ruzie is ook wel gezellig op z'n tijd. Dan heb je iets om af te zoenen.'

De rust keerde weer. Nicole hield zich gedeisd en er was nog maar een week te gaan. Op de eerste zonnige zondag van de nieuwe lente stonden Cas en Marit achter het glas bij gate B 18 op Schiphol en keken naar het wit met blauwe vliegtuig dat hen naar Lapland zou brengen.

Sallatunturi

Ook zo mooi: ze zaten in de bar van Hotel Revontuli, vlak bij het vakantiehuisjespark, en keken naar buiten, waar het breekbare licht van de poolschemering de wereld veranderde in een gravure. Op het kleine podium stond een Fin een onverstaanbaar lied te zingen, hard en vals, een Scandinavische hoempamelodie die deed denken aan het slechtste van ABBA. Cas had moeite om niet te lachen, maar Marit luisterde aandachtig.

'Die man is echt,' zei ze.

'Die man is bezopen,' zei Cas.

'Dat maakt niet uit. Hij zingt met zijn hart.'

Toen de Fin eindelijk van het podium stapte, stond Marit op en liep naar voren. Ze overlegde met de hoteleigenaar, die de karaokemachine bediende. Daarna lachte ze naar Cas en ging midden op het podium staan. Een hele bende violen zette in. Marit rechtte haar rug.

Every time we say goodbye
I die a little
Every time we say goodbye
I wonder why a little
Why the gods above me
Who must be in the know
Think so little of me
They allow you
To go

Cas kreeg de tranen in zijn ogen. Over echt gesproken! Er was geen geroezemoes meer aan de bar, geen rinkelende telefoons in de receptie. Er was alleen nog Marit, en die hemelse muziek, en de schemering buiten boven de blauwe sneeuw.

Voor eeuwig, voor altijd.

'The dogs run fast for the first hundred meters or so,' zei Upi, de gids, met een klein lachje. *'Just hold on, they will slow down. They are just like men.'*

Marit giechelde vanonder de dikke paardendeken en keek omhoog naar Cas, die onwennig stond te wiebelen op de glij-ijzers aan de achterkant van de slee.

'You alright?' vroeg Upi.

Cas knikte. De gevoerde bontmuts schuurde met donderend gekraak langs zijn oren. Hij had het nu al warm.

Upi startte de sneeuwscooter en stoof vooruit, het besneeuwde naaldbos in. Daar hadden de honden op gewacht. Het gekef en gejank hield op, de ruggen kromden zich en het tuig trok strak. De slee sprong vooruit. Het scheelde niet veel of Cas was meteen al op zijn rug in de sneeuw beland. Marit gilde, een hoge, vrolijke gil van opwinding.

Achter hem gilde zijn moeder ook, maar Cas durfde niet om te kijken. Hij stond op de dansende ijzers en probeerde vooral niet te vallen. Voor hem renden de zes honden, Patte en Roosa voorop, Wagner speels in het midden. Ze zwaaiden met hun staarten en hielden hun kop laag bij de grond, als jagende wolven.

'Geweldig!' gilde Marit.

Ze zat ontspannen op de rendierhuid in de slee en liet haar handen door de sneeuw glijden alsof het water was. De opdwarrelende vlokken troffen Cas pijnlijk in het gezicht en zijn voeten begonnen te verkrampen.

Bij de eerste bocht ging het al mis. Cas verplaatste zijn gewicht verkeerd, gleed met een voet van de ijzers en werd de sneeuw in geslingerd. Zijn vader, vlak achter hem op de tweede slee, kon hem maar net ontwijken.

'*Seís, seís!*' gilde Upi vanaf de sneeuwscooter.

De honden hielden in en Cas krabbelde overeind. Om zich een houding te geven begon hij omstandig zijn zonnebril te controleren. Upi waadde door de kniediepe sneeuw naar hem toe.

'*Okay?*' vroeg hij.

Cas knikte.

'*Maybe the girl wants to try,*' stelde Upi voor.

Voor Cas kon antwoorden was Marit al uit de slee geklommen. Ze ging op de ijzers staan en probeerde de voetrem uit.

'*Let's go,*' riep ze.

'*Lithuanians too,*' zei Upi.

Cas had de grap pas door toen hij allang op de rendierhuid zat, de paardendeken opgetrokken tot aan zijn neus. *Lets* en *Lithuanians.* Boven hem was het gezicht van Marit, geconcentreerd en stralend en rood van de kou. Ze stuurde uitstekend, natuurlijk, en de honden leken voor haar wel harder te lopen.

'Het is net skiën,' riep ze. 'Je moet gewoon denken dat je op ski's staat.'

Ze kon alles. Cas was trots, maar er knaagde ook een kleine jaloezie aan zijn hart. Als Marit alles kon, kon hij dus niks. Dat vulde elkaar goed aan, maar toch...

Upi had snel door dat hij de honden aan Marit kon toevertrouwen en reed steeds verder vooruit. Het geknetter van de sneeuwscooter was soms niet eens meer te horen. Dan was er niets anders dan het gehijg van de honden en de duizelingwekkende stilte van het woud.

Tegen het middaguur groef Upi een diepe kuil in de sneeuw en maakte een houtvuurtje. De honden lagen te slapen op de sneeuw. Marit, Cas en zijn ouders zaten op rendierhuiden en dronken loeisterke koffie uit houten bekers.

'Dit ís het wel,' zei Cas' vader tevreden. 'De folders hebben niet overdreven.'

'Heb jij eigenlijk al gestuurd?' vroeg Marit aan Cas' moeder.

'Ben je mal? Ik ben allang blij dat ik onder de dekens mag blijven.'

Ze zeggen dat elke man in zijn vriendin naar zijn moeder zoekt, dacht Cas. Dus wat dat betreft heb ik gefaald. Gelukkig maar.

Marit gaf hem een kus op zijn neus en Upi serveerde rendierstoofpot met aardappelen. Alles was even heerlijk.

's Avonds aten ze alweer rendier, maar nu op z'n Italiaans. *Porropizza*. Marit had de hare in recordtijd op en begon vervolgens stukjes van Cas te stelen.

'Het is mijn lievelingseten,' zei ze bij wijze van verontschuldiging.

'Rendier?' vroeg Cas.

'Pizza,' antwoordde ze met volle mond.

Na de maaltijd dronken ze koffie met cranberrylikeur, ook al zo lekker. Daarna zette Cas' vader de sauna aan.

'Ik neem niet aan dat we met z'n vieren gaan,' zei hij jolig. 'Mogen de oudjes eerst? Ik wil naar bed.'

Cas en Marit keken naar de plaatselijke televisie. Het viel niet mee: veel rendieren en hockey met een oranje balletje op een ijsbaan zo groot als een voetbalveld. Oulo-Tornio, 7-8. Hoera, Tornio heeft de cup. Daarna was het tijd voor onbegrijpelijke interviews en vier dikke dames die liedjes stonden te schreeuwen. Nee, YLE 2 was een absolute topzender.

Gelukkig kwamen Cas' ouders terug, met rode hoofden boven witte badjassen.

'Ik heb de sauna vast uitgezet,' zei zijn vader. 'Als jullie nu gaan, is hij nog heet genoeg.'

'Het is heerlijk,' zei zijn moeder. 'Ik slaap nu al.'

Ze trokken zich terug op hun kamer. Marit stond op en trok haar trui uit. Op de televisie werd een rendier gecastreerd.

'Ben jij weleens in een sauna geweest?'

Cas schudde zijn hoofd.

'Ik ook nog maar een paar keer. Kom op, uitkleden.'

Ze lieten hun kleren achter in de woonkamer en renden het houten hokje in. De hete, vochtige lucht sloeg meteen op Cas' longen en hij kreeg een heftige hoestbui.

'Goed zo,' zei Marit. 'Alles moet eruit.'

De banken waren te heet om op te zitten en Cas moest terug om handdoeken te halen. Toen hij weer binnenstapte stond Marit rechtop in de stoom, met de rug naar hem toe en haar handen achter haar hoofd. Ze draaide zich om.

Dat ze het mooiste lijf van de wereld had, wist Cas allang. Maar zoals ze er nu stond, met de matte glans van zweet op haar huid en de kleine riviertjes rond haar navel, leek ze niet eens van deze planeet te komen. Hij kreeg onmiddellijk een stijve, waar hij zich toch weer een beetje voor schaamde. Hij hing er zijn handdoek aan op.

'Handig,' zei Marit en ze streelde hem even over zijn buik.

Daarna strekte ze zich uit en sloot haar ogen. Cas moest blijven kijken, hij wilde alles zien. Zien, opslaan en bewaren. Haar borsten, rijzend en dalend op haar ademhaling. Haar buik, waar nu woeste stromen overheen kronkelden. De glinsterende druppels in de lieve krulhaartjes tussen haar benen. Haar hand, achteloos bungelend over de rand van de bank. Ja, hij was ook heus wel geïnteresseerd in haar hand.

'Ik ga eruit,' zei hij. 'Het is me te heet.'

Hij hoopte dat ze mee zou gaan, maar ze bewoog niet. Cas opende de glazen deur en stapte de kamer in. Nog steeds maakte ze geen aanstalten om hem te volgen. Buiten, aan de andere kant van de dubbel geïsoleerde ramen, schitterde het maanlicht op de sneeuw. Cas liep naar het halletje waar de ski's stonden. Voorzichtig opende hij de buitendeur en gluurde om een hoekje. Er was niemand te zien en de stilte was volkomen.

Met twee, drie grote stappen was hij bij de sneeuwberg naast de veranda. Hij haalde diep adem en liet zich voorover vallen.

De kou kwam als een bevrijding, een tinteling die tot ver in zijn tenen doordrong. Hij draaide zich op zijn rug, waarbij hij nog dieper in de sneeuw zakte, en staarde naar de sterrenhemel.

Hier lig ik, hier ben ik. Ik leef. Ik ben klein, ontzettend klein, maar ik ben er. Zolang ik denk, ben ik er. Zo was het toch ongeveer?

En opeens was Marit er ook, naast hem. Even klein, even naakt onder de hemel. Toen het te koud werd, zochten ze de warmte van de blokhut weer op. Ze kwamen niet verder dan de bank in de woonkamer. Daar trok Cas haar over zich heen en vreeën ze, eerst rustig en aandachtig, maar al snel woester dan ooit. Vanwege het leven, omdat ze er waren.

's Ochtends werden ze gevonden door Cas' moeder.

'De douche is vrij,' zei ze alleen.

Daarna draaide ze zich discreet naar het keukenblok om eieren te gaan bakken.

Het noorderlicht

De laatste avond van hun vakantie kwam er een Finse hardrockband naar Hotel Revontuli. Ze hadden de jongens hun spullen al zien uitladen toen ze in de schemering van de piste kwamen, Cas licht hinkend vanwege een haast onzichtbaar paaltje waarmee hij in aanvaring was gekomen en Marit dansend als altijd.

'*What do you play?*' vroeg Cas aan een van hen.

'*Finnish songs. But it doesn't matter. You can't hear a word anyway.*'

Vanuit het restaurant waar ze die avond aten, bij wijze van afscheid, zagen ze hoe het kleine podiumpje werd volgebouwd met indrukwekkende luidsprekerkasten en een immens drumstel met dubbele bassdrum.

'Nog eens wat anders dan Rainfish,' zei Cas.

'Dat is een schoolbandje,' zei Marit. 'Deze jongens zijn professioneel.'

Cas' ouders hielden het voor gezien zo gauw de eerste soundcheck door de hotelbar dreunde.

'Maak het niet te laat, we moeten heel vroeg op,' zei zijn moeder nog.

Marit haalde twee cranberrylikeurtjes en ze kozen een plekje vooraan, met goed zicht op de band. De jongens speelden nog wat beukende riffs en trokken zich daarna terug.

'*See you at ten,*' zei de drummer met een vriendelijke hoofdknik.

Nog ruim een uur. De bar begon langzaam vol te stromen. De meeste bezoekers waren jongens, bijna allemaal in leren jacks en met flesjes Lapin Kulta in hun hand. Cas gaf het plan op om nog even te gaan wandelen: als ze terugkwamen, zouden ze hun plaatsje kwijt zijn. En probeer het maar eens terug te veroveren, op zo'n publiek.

'Morgen om deze tijd zitten we weer thuis,' zei hij.

Marit haalde haar neus op.

'Bah, daar moet je niet aan denken. We zijn nu nog hier.'

'Wat vond jij het leukste van deze week?'

Daar dacht ze even over na.

'De honden,' zei ze ten slotte. 'En de houtvuurtjes onder aan de skihelling.'

'Ik jou,' zei Cas.

Dat was romantisch en lief. Hij was trots op zichzelf. Marit hief haar glas en proostte met hem.

'Je hebt gelijk,' zei ze. 'Ik jou ook. Na de honden en de vuurtjes. En rendierpizza. En de telemarkski's...'

Ze zwaaide naar hun skilerares, die net de bar binnen stapte.

'Ja, zo is het wel weer genoeg,' zei Cas, maar hij lachte toch.

'*Hei!*'

De skilerares schoof een stoeltje bij. Ze was een vrolijke meid, niet veel ouder dan zijzelf, en heette Salla, '*Yes, just like the town*'. De hele middag had ze geprobeerd hun het telemarkskiën bij te brengen. Daar had Cas zijn pijnlijke knie aan te danken.

'*Hi, Salla. Are you coming for the band, too?*'

'*This band is crap. Rubbish. Listen, why don't you come outside? We are having a campfire.*'

'Wat vind jij?' vroeg Marit aan Cas.

Hij haalde zijn schouders op. Konden ze niet eerst zelf bepalen of de band wat voorstelde? Zo'n vuurtje liep niet weg tenslotte, daar konden ze ook later wel heen. Marit was het met hem eens.

'*We will come later,*' zei ze. '*Where are you?*'

'*In the hut under the slope*,' zei Salla. '*You must bring something to drink.*'

Nu pas merkte Cas de twee flessen wijn op die uit de zakken van haar ski-jack staken.

'*Hyvä on,*' zei hij.

'*Kiitos,*' zei Marit.

Ja, ze spraken al een aardig woordje Fins.

Salla stond op en liep de bar weer uit. Marit keek haar peinzend na.

'Vind je haar leuk?' vroeg ze.

'Wie, Salla? Ja hoor. Ze moet alleen iets aan dat kapsel doen. Veel te kort.'

'Het staat haar goed.'

'Nee, haar moet kunnen uitwaaieren op een kussen. Het moet kunnen dansen in de wind. Haar dat niet beweegt is dood.'

'Onzin.'

'Ja, het is onzin. Maar wel waar.'

Ze haalde nog twee likeurtjes. Toen ze terugkwam, verscheen de band op het podium. De bezoekers in de bar drongen naar voren, zodat de tafel van Cas en Marit algauw een eilandje werd in een zee van zwart leer.

Marit schoot in de lach.

'Nou, we zitten hier goed.'

Cas' antwoord ging verloren in een galmende drumsolo. Hij stond op en probeerde over de hoofden heen iets te zien. De Finnen zijn een lang volk.

Nu mengde een dreunende bas zich met het slagwerk, en vervolgens een ijle, snerpende gitaar. Toen de instrumenten elkaar hadden gevonden in hetzelfde, monotone ritme klonk er opeens een stem, raspend en hees en volstrekt onverstaanbaar. Elk woord verdronk in een muur van geluid en hele bakken vol galm.

Marit trok hem aan zijn mouw en schreeuwde iets. Hij

verstond er geen woord van, maar haar gebaren waren duidelijk genoeg. Binnen de kortste keren stonden ze buiten onder de sterren.

'Finse folklore denk ik,' zei Marit.

Ze sloeg een arm om zijn middel. Door de ramen van het hotel zagen ze de zwarte massa hossen, maar het dubbele glas gaf geen geluid prijs. Iets verderop, onder aan de skihelling, brandde een houtvuurtje. De vlammen wierpen een oranje gloed over de sneeuw.

'We moeten drank hebben,' zei Cas.

Cas' ouders waren nog op, maar stonden op het punt te gaan slapen. Het was geen probleem als ze de restjes drank mee naar het vuur namen.

'Maar doe kalm aan,' zei Cas' vader. 'Je moet morgen vier uur vliegen. En anderhalf uur in de bus.'

Toch werd het een nacht van vage herinneringen. Alleen die ene, met het noorderlicht en de Finse stemmen, en de geur van cranberrylikeur, dat ene moment, dat beeld... Die Arctic Dream haakte zich in Cas' geheugen vast als met weerhaakjes.

Dat, en die twee woorden.

Bleek en moe zat Cas de volgende ochtend in het vliegtuig. Niet aan het raampje, daar zat een blozende Friezin, maar bij het gangpad, klaar om bij de geringste aandrang naar het toilet te kunnen hollen.

Marit zat naast hem, fris als altijd. Hij kon haar er bijna om haten. Ze had toch minstens zoveel gedronken als hij? Ze had vanochtend vroeg zelfs staan overgeven!

'Ik herstel sneller,' zei ze. 'Ik heb nooit zo lang last van dingen.'

Hij gromde wat en begon het blaadje van de taxfreeshop door te bladeren. Marit raakte in gesprek met haar buurvrouw aan het raampje. Een gesprek over niks, dat

Cas niet eens wilde horen. Hij probeerde aan iets anders te denken, maar de knauwende stem van de Friezin sneed door alles heen.

'Jullie zijn een mooi stel,' hoorde hij haar zeggen.

En zo is het, dacht Cas. Een mooi stel. Dat zijn wij. Hij voelde Marits hand op de zijne.

Pas toen het toestel al op Schiphol aan de gate stond, werd Cas wakker. Hij voelde zich stukken beter en zelfs de overdreven glimlach die de Friezin afvuurde, ergerde hem niet.

'Gaat het weer, jochie?' vroeg Marit.

Dat was ook lief. Hij kuste haar met droge mond.

De gebruikelijke drukte begon. Gordels werden losgeklikt en de mensen verdrongen zich in de gangpaden om maar zo snel mogelijk het vliegtuig uit te kunnen. Waardoor het allemaal veel langer duurde natuurlijk.

Achter de glazen schuifdeuren stonden Marits ouders hen op te wachten. Ze hadden bloemen bij zich. Met z'n zessen dronken ze een kop koffie bij een pizzatentje (rendierpizza's hadden ze niet, zag Cas op de prijslijst) en daarna reden ze met twee auto's naar het hotel bij de strandopgang. Daar werd de fles cranberrylikeur overhandigd en uitgebreid verslag gedaan van de wederwaardigheden.

Skiën natuurlijk, die rust. De tocht met de honden. Cas' vader sloot zijn camera aan op de computer in de lobby en de foto's werden bekeken. De blokhut, de skihelling. Hotel Revontuli met de merkwaardige gevel die het noorderlicht moest voorstellen. Marit in de sneeuw met een kom rendierstoofpot. Cas in zijn onderbroek voor de televisie – wie had die foto gemaakt?

Maar de echte herinneringen bleven onbesproken. Marit in de sauna en naakt in de sneeuw. Marit op de bank in de woonkamer. Marit onder het noorderlicht. Marit overal, Marit altijd.

Marit die er was.

Het schemerde toen ze afscheid namen. Marit nam Cas in haar armen en knuffelde hem lang. Ze rook nog naar de Finse bossen.

'Nou, kom op tortelduifjes,' zei Cas' vader lachend.

Nog één keer namen ze de dank van Marits ouders in ontvangst en toen stapten ze het hotel uit. Met z'n drieën, weer even net als vroeger. Uit de loodgrijze Hollandse wolken viel een gestage motregen.

Het was maar een kort ritje naar de Oude Haven. Toen Cas zijn koffer uit de auto had getild, draaide hij zich nog even om. Het was nu bijna nacht. Alleen ver weg, aan de noordelijke horizon, dreef nog een zweempje licht. Een laatste poging tot verzet tegen het duister dat onherroepelijk zou komen.

In de gloria

Uiteindelijk koos Cas voor een sneeuwbol met een groot roze hart erin. Het was wel een kitschding, maar dan juist weer zo erg dat het leuk werd. Misschien. In elk geval moest hij weg uit het warenhuis: er liep al een half uur een man met een zonnebril achter hem aan.

'Voor Marit?' vroeg het kassameisje.

Cas keek verbaasd op.

'Hé, Nicole.'

'Is ze jarig?'

'Dinsdag wordt ze zestien.'

'Mooi,' zei Nicole. 'Dan is het legaal.'

Er zat een naar ondertoontje in haar stem, merkte Cas. Sinds het incident in de fietsenkelder had ze hem met rust gelaten, maar hij was blijkbaar nog niet helemaal van haar af.

Ze propte de sneeuwbol liefdeloos in een plastic zak en schoof die over de toonbank naar Cas.

'Negen euro vijfennegentig asjeblieft. En een prettige verjaardag. Eén april.'

Cas overwoog even om iets te zeggen, maar haalde toen zijn schouders op en verliet de winkel zonder om te kijken. Hij stond hier ver boven, wilde hij maar duidelijk maken. Dit was een meidenoorlog.

Hij gaf zijn cadeautje diezelfde avond al. Dat leek hem een goede grap, vanwege 1 april. Marit was er blij mee.

'Je geeft me je hart,' zei ze ernstig. 'Veilig ingepakt, maar doorzichtig. Zo moet het ook.'

Zo wist Cas waarom hij juist dit cadeau had uitgekozen en wat hij ermee bedoelde.

Gevolg was wel dat hij die dinsdag niets meer te geven had. Behalve dan een versje:

'k Bedenk met schrik, mijn liefje,
nu je zestien bent,
dat ik je vijftien volle jaren
niet eens heb gekend.
Hoe leefde ik, mijn liefje,
wat droomde ik dan
in het tijdperk vóór De Ware?
'k Weet er niks meer van.

Het rijmde weergaloos en het was zelfs een beetje waar. Marit las het in de lobby, bloosde en legde het omgekeerd voor zich op de theetafel.

'Ja, schrijven kan hij wel,' zei Cas' moeder. 'Ik heb ook nog een pakje.'

Typisch zijn moeder om zomaar over zo'n moment heen te stappen. Geen greintje gevoel voor romantiek.

Marit glimlachte en pakte het cadeautje uit. Het was een nieuwe uitgave van *Winnie-the-Pooh* en ze vond het prachtig. Het boek kwam bij de andere cadeaus terecht – een tennisracket, parfum, een sneeuwbol...

'Goed,' zei Marits vader. 'Het kind is zestien, dus ik mag haar licht-alcoholische dranken schenken. Doen we allemaal mee met een wijntje?'

Hij bouwde een piramide van wijnglazen en schonk het bovenste vol tot het overstroomde en de lagere glazen gevuld raakten. Ook de hotelgasten mochten een glas nemen.

'Op mijn mooie, grote meid,' zei Marits moeder. 'En op haar lieve vriend.'

'*Hear, hear,*' zei Cas' moeder.

Hij begon zich geweldig aan haar te ergeren. Ze had hier

helemaal niet bij hoeven zijn. Ze had dat boekje wel aan hem kunnen meegeven. Maar ze had erop gestaan.

'Mijn schoondochter wordt zestien!'

'Ze is je schoondochter niet.'

'Dat maak ik zelf wel uit. Bovendien ben ik uitgenodigd door haar ouders. Niet gaan is onbeleefd.'

En dus zat ze hier en vulde de lobby met haar luidruchtige aanwezigheid, met haar flauwe grapjes en hoge gegiechel.

Cas dronk meer wijn dan goed voor hem was. Marit zag het en probeerde hem aan de spa te krijgen, maar daar werd hij nog boziger van.

'Je bent maar één keer jarig,' riep hij. 'En dan is het feest!'

'Sst,' zei Marit. 'Zullen we even gaan wandelen?'

'Wándelen? We zijn toch geen zestig? Schei uit asjeblieft, met je wandelen. We gaan feestvieren!'

Hij schonk zichzelf nog eens in.

'Cas, ik vind je niet leuk zo...'

'Dan ga je lekker bij mijn moeder zitten. Die is wel leuk. Ontzettend leuk. Hilarisch leuk.'

Marits vader bemoeide zich ermee. Hij trok het wijnglas uit Cas' hand en pakte hem bij zijn schouders.

'Jij krijgt niks meer,' zei hij. 'En als je je niet gedraagt, zet ik je op straat.'

'Pap...' begon Marit.

'Ik meen het. Feest of niet.'

Cas sloot zijn ogen en knikte een paar keer.

'Ik zeg niks meer. Ik ben er niet.'

'Ik zal koffie voor je zetten,' zei Marits vader.

Alsof dat helpt, dacht Cas. Dat hebben we met verzorging gehad. Koffie helpt geen moer. Dat moet hij als horecaman toch weten... Maar ik zeg niks. Ik ben er niet.

Hij werd weer wakker toen hij naast zijn moeder in de auto zat.

'Ik schaam me dood,' zei ze. 'Dronken tor.'

'Wie?'

'O, Cas... Waarom moest dat nou? Op Marits feestje nota bene! Zag je niet dat ze moest huilen?'

Dat was nieuws. De stinkende, roze vlek op zijn T-shirt was ook nieuws. Had hij zitten kotsen? Hij had zich schandelijk misdragen en de reden daarvoor zat naast hem en keek hem verwijtend aan.

'Als jij niet was meegegaan, was er niks gebeurd,' mompelde hij.

'Pardon? Als ik niet was meegegaan, had je nu over straat kunnen kruipen. En misschien laat ik je dat nog wel doen ook.'

Wat u wilt, mevrouw... Cas opende het portier en slingerde een been naar buiten. Zijn moeder remde zo bruusk dat hij met zijn kop tegen de voorruit vloog. Dat hielp niet erg tegen de hoofdpijn.

'Cas, asjeblieft... Wat is er met je?'

'Ik ben gelukkig,' zei hij. 'Al veel te lang.'

Hij stapte uit de auto en wankelde de Oude Haven af. Alles moest anders, vanaf nu. Zo ging het niet langer. Morgen zou hij Marit ophalen. Dan namen ze de trein naar Parijs of verder en niemand zou hen ooit nog terugzien. Morgen was de dag. De wereld zou eens wat beleven.

Maar het enige wat hij de volgende dag deed, was het goedmaken. Met veel excuses en kusjes die ze eerst afweerde, maar al snel weer beantwoordde.

'Niet meer doen hoor,' zei ze. 'Zo wil ik je niet.'

'Ik weet het ook niet,' zei Cas zwak. 'Het kwam door mijn moeder.'

'Alsof die de wijn met een trechter naar binnen gegoten

heeft,' zei Marit. 'Niet steeds iemand anders de schuld geven.'

'Dat doe ik ook niet. Ik geef altijd mijn moeder de schuld.'

Ze lachte alweer, haar mooie lachje.

Lang zal ze leven, dacht Cas. *In de gloria.*

Wat moeten we nou?

Het was het meest idiote, meest verbijsterende wat je je maar kon voorstellen.

Het was zondagmiddag. Marit en hij hadden gevreeën, ze hadden gedoucht. Hij had zich aangekleed en was naar beneden gelopen om iets te eten te maken. Toen het klaar was, had hij geroepen. Ze kwam niet. Nog een keer roepen. Weer niks.

Hij was de trap op gelopen en had haar zien liggen. Op de overloop, haar hoofd tegen de deur van zijn slaapkamer, met een van pijn verwrongen gezicht.

Ze zei niets, hoorde niets waarschijnlijk.

Bewoog niet.

Idioot. Angstig. Er was verder niemand thuis.

Cas was naar beneden gerend en had met bonkend hart de telefoon gezocht. Niet op het tafeltje, niet tussen de kussens van de bank.

Zijn mobieltje dan. Geen beltegoed. Shit, had ik gisteren willen doen. Kassasleutel gevonden, kaart uit de winkel gehaald. Krassen, bellen, code intoetsen.

Voor 112 heb je helemaal geen beltegoed nodig.

Idioot.

Bellen, naar boven rennen. Ze lag er nog net zo, bewegingloos. Dood, misschien.

Niet aan denken. Doodstil in elk geval.

Meisje van de centrale. 'Rustig meneer, wat is het precieze adres?' 'Kunt u vertellen hoe ze erbij ligt?' 'Er is een ambulance onderweg.' 'Wilt u de buitendeur openzetten?'

Hij wilde alles openzetten. Als het maar hielp. Als ze maar weer...

Buurvrouw op de drempel. Ze had hem horen rennen. 'O mijn God wat is dat? Zo hebben ze toen mijn oom ook gevonden. Die is alweer vijf jaar... Sorry. Hoe oud is het kind?'

Het kind heet Marit, ze is zestien verdomme.

'Zestien.'

Sirene over de Oude Haven. Mannen in gele jassen.

'Ze leeft.'

'Maar wat is er dan?'

'Ik weet het niet jongen, maar het ziet er ernstig uit. Iets in de hersenen, ben ik bang. Is ze gevallen? Is er iets bijzonders gebeurd?'

Is vrijen bijzonder? Ontzettend bijzonder. Ik zeg niks.

O Jezus, laat haar niet doodgaan.

Iets met haar hersenen, is hij bang. Haar hersenen. Is hij bang.

Buurvrouw weer. 'Ga maar, ik wacht op je ouders. Toen met mijn oom...'

Sodemieter op met je oom!

Hotel bellen. Nu. Wat moet ik zeggen?

Idioot, idioot, idioot.

'Hallo, met Cas. Er is iets gebeurd.

Met Marit.

Met Marit gebeurd.'

De gang was lang en hoog. En wit. En stil. Ze zaten met zijn drieën in een soort zithoek, tussen bakken vol dode planten die bij nadere inspectie nep bleken te zijn.

Dode nepplanten.

Marits moeder huilde, haar vader ook. Cas keek naar de punten van zijn schoenen en dacht helemaal niets. Of alles, dat was hetzelfde.

Af en toe klikklakte er een verpleegster voorbij. Dan keken ze alledrie op, maar er kwam geen nieuws.

Er kwam al uren geen nieuws.

Wie wel kwam, was Cas' moeder. Toen waren ze met z'n vieren. Verder gebeurde er niets. Cas brak een dood nepblad af en scheurde het in iets meer dan een miljoen stukjes. Marits vader haalde koffie voor iedereen en morste de helft. De andere helft bleef onaangeroerd en werd langzaam koud.

De telefoon van Marits moeder ging.

'O verdorie,' zei ze.

Ze haalde het ding uit haar tas en schakelde het uit. Daarna was het stil.

Het was een opluchting toen er een arts verscheen. De vrouw zag er vermoeid uit, ze hing in haar jas alsof ze geen ruggengraat meer had.

'Marit ligt op de intensive care,' zei ze. 'We zijn drie uur met haar bezig geweest. Lichamelijk is ze erg sterk, dat zal haar helpen.'

'Maar wat is er gebeurd?' vroeg Marits vader.

Zijn stem klonk vreemd schor, hij had in uren niet gepraat.

'Uw dochter heeft een hersenbloeding gehad. Terwijl we haar opereerden, kreeg ze er nog twee. Allemaal aan dezelfde kant van haar hoofd.'

'En wat betekent dat?'

'Dat weten we nu nog niet.'

De dokter haalde diep adem.

'Houdt u er wel rekening mee dat het niet meer helemaal goed komt. Het waren zware bloedingen op een vitale plek. Ze zal er iets aan overhouden.'

'O God,' zei Marits moeder.

Marits vader sloeg een arm om zijn vrouw en trok haar tegen zich aan. Cas voelde de hand van zijn moeder die de zijne zocht. Hij stond op en ging uit het raam staan staren.

'We kunnen er echt nog niets van zeggen,' zei de dokter.

'Het kan ook meevallen. Maar u moet overal op voorbereid zijn.'

Cas kreeg visoenen van een zwijgend lijf in een bed, een levende dode zonder besef van tijd of plaats. Hoe lang was het geleden dat ze nog naast hem lag, warm en naakt, en dat ze in zijn oor fluisterde dat ze van hem hield?

Hield ze nog van hem, nu? Kon ze dat nog?

Waar was ze?

Hij legde zijn voorhoofd tegen het glas en huilde stil.

'U kunt haar straks even zien,' zei de dokter. 'Niet allemaal tegelijk. U moet niet schrikken, we houden haar voorlopig in coma. Ze moet tot rust komen en aansterken. Haar hoofd zit in verband en ze ligt aan meerdere infusen. Dat betekent verder niets, dat is standaard.'

'Dank u wel, dokter,' zei Marits vader, alweer zo schor.

'Iemand komt u straks halen,' zei de dokter. 'Wij zullen elkaar de komende tijd nog wel vaker zien.'

Cas hoorde haar weglopen. Haar voetstappen bleven nog lang te horen in de stille gang. Marits moeder snikte.

Zijn eigen moeder kwam naast hem staan. Ze deed geen poging hem aan te raken. Dat was goed van haar.

'O, lieve jongen,' zei ze alleen. 'Wat verschrikkelijk allemaal.'

Cas perste zijn ogen dicht. Diep in zijn buik begon iets wild te schokken, iets wat naar buiten wilde, hoe hard hij er ook tegen vocht. De schokken werden krampen die zich scherp als scheermessen een weg door zijn keel zochten, zich verzamelden in zijn hoofd en dat opbliezen tot het een ballon was, een grote ballon van verdriet en angst. Cas opende zijn mond en meteen schoot alle emotie naar buiten.

'O Jezus, Jezus!'

Hij zocht zijn moeders armen en zij nam hem op, wiegde hem en huilde mee. Het was verschrikkelijk, maar het voelde goed. Er was niets anders op de wereld dan deze pijn. De pijn was de wereld. En het was goed om in de wereld te zijn.

'Het spijt me u te storen,' zei een vriendelijke stem, 'maar Marit is klaar en u kunt haar even bezoeken.'

'Ik ga niet!' gilde Cas. 'Ik wil niet.'

'Je hoeft ook niet, jongen,' fluisterde zijn moeder.

Marits ouders stonden op en liepen met de verpleger mee. Cas draaide zich om en keek ze na, door zijn tranen.

'Wat moeten die mensen nou?' snikte hij. 'Wat moeten we nou?'

'We moeten niets,' zei zijn moeder terwijl ze met een hand in zijn haar woelde. 'We kunnen er alleen maar zijn. Later weten we wel wat we moeten. Er is nog tijd genoeg.'

Cas hoorde haar, maar luisterde nauwelijks. Hij keek naar Marits ouders, ver weg in de gang. Hij zag hun gebogen ruggen aan weerskanten van het wapperende witte jasje van de verpleger. Waarom had die man zijn jasje los? Het ergerde Cas opeens. Doe je jasje dicht! Je loopt niet op het strand!

'Wat denk je nu?' vroeg zijn moeder.

'Ik weet het niet,' zei Cas.

Hij was wel gaan kijken, later. Marits ouders waren teruggekomen, wit en stil maar niet meer zo gebogen.

'Ze slaapt,' zei haar moeder. 'Ze ligt er heel rustig bij.'

'Het viel mee,' zei haar vader. 'Voorlopig.'

Cas haalde diep adem en volgde de verpleger naar een klein kamertje waar hij zijn handen moest wassen met een rood goedje. Daarna stapte hij een zware deur door en kwam in een ruimte met vier bedden en hele torens computers en andere apparatuur. Er klonk een monotoon gezoem, af en toe onderbroken door zachte piepjes.

De verpleger ging hem voor naar het verste bed. Daar

lag ze, aan een wirwar van slangen en draden en met een groot wit verband om haar hoofd. Cas schrok. Het beeld leek heel erg op wat hij in zijn visioen had gezien, daarnet op de gang. Onwillekeurig sprak hij zijn angst uit.

'Een levende dode...'

'Zo erg is het niet,' zei de verpleger. 'Hersenen zijn onge- looflijk complex. We weten nog niet de helft van wat ze allemaal kunnen. Marit is jong. Er is altijd hoop.'

Cas knikte en deed een stapje dichterbij.

'Mag ik haar aanraken?'

'Natuurlijk. Neem haar linkerhand, daar zit geen infuus in.'

Voorzichtig pakte Cas Marits hand. Ze was warm, goddank. Niet zo warm als vanmiddag, maar warm. Geen dode dus.

'Dag, Marit,' fluisterde hij.

Toen moest hij opnieuw huilen.

'Het is een prachtmeid,' zei de verpleger. 'Ze zal je heel hard nodig hebben.'

Cas knikte en slikte zijn tranen weg. Sterk moest hij zijn. En dat wilde hij ook. Dat verdiende ze.

Hij liet de hand los, die willoos terugviel op de deken. Marit bewoog niet. Alleen haar borstkas ging regelmatig op en neer. Zoals toen, in de sauna, vier eeuwen geleden.

'Dag Marit,' zei hij nog een keer. 'Dag lieve, lieve Marit. Ik kom gauw terug.'

De verpleger bracht hem weer naar de gang. Zijn moeder en Marits ouders stonden op hem te wachten. Ze spraken niet, maar hun ogen stelden duizend vragen.

Hij had er geen antwoord op.

Angstig optimisme

68 | Alles in het ziekenhuis was horror en verschrikking. Overal hing de geur van dood en pijn. Wie daar werkte, moest wel gek zijn. Of ontzettend hard. En toch waren de meesten zo aardig dat ze leuker werk verdienden, vond Cas.

De eerste dagen zat hij zo veel mogelijk bij Marit. Geen bezoek sloeg hij over. Meestal was een van haar ouders er ook, maar soms was hij alleen. Dan was er niets te doen dan kijken, hand vasthouden en denken. Van die drie dingen was het denken het ergst.

De arts had verteld dat Marits hersenbloeding was veroorzaakt door een zwakke plek in een bloedvat. Die had er vanaf haar geboorte gezeten, en het was een kwestie van toeval geweest dat het nu fout was gegaan. Het had ook veel later of eerder kunnen gebeuren.

Dat wilde er bij Cas niet in.

Hij maakte zichzelf verwijten. Als ze niet hadden gevreeën, was het misschien niet gebeurd. En waarom hadden ze gevreeën? Omdat hij dat zo nodig wilde. Dus... Maar bij alle andere vrijpartijen was het goed gegaan. Dus! Was hij woester geweest dan anders? Maar dat had zij toch ook gewild? Zij was sowieso altijd veel woester dan hij. Dus, dus...

Laten we maar zeggen, dacht Cas, dat de dingen gewoon gebeuren. En dat het leven doorgaat.

Een geweldige conclusie.

Want hoe ging het door? Marit lag daar, stil en wit, aan slangen en draden. Zo zou het niet blijven, natuurlijk niet, dit ging voorbij. Maar wat dan? Zou ze op een dag haar ogen opendoen en 'Hallo, jongen' zeggen? Kon ze praten? Daar had de arts nog geen idee van. Alles was 'afwachten' en 'we zullen wel zien.' 'Maak je geen illusies.' 'Maar blijf hopen.' 'Ze heeft je nodig.'

Waarvoor dan?

Marits vader was daar heel duidelijk over.

'Ik weet zeker dat ze voelt dat je er bent. En dat helpt haar om terug te komen. Wat dacht je, ze wil niets liever dan weer bij jou zijn. Je ziet het misschien niet, maar in dat stille lichaam is een enorm gevecht aan de gang. En wij helpen haar. Door haar het gevoel te geven dat ze niet alleen is.'

Cas wilde het graag geloven. Zo moest het zijn. Maar hij zag er niets van, merkte niets aan haar als hij haar hand pakte. Naarmate de tijd voortschreed, vond hij het moeilijker worden om haar op te zoeken. En hoe vaak iedereen ook zei dat dat normaal was, dat hij zich daarvoor niet hoefde te schamen, hij werd toch kwaad op zichzelf. Dat hielp niet.

Hij kon zich ook wegdenken uit de leegte van het nu, al maakte dat weinig verschil. Hoe zou het over een jaar zijn? Als Marit niet meer in het ziekenhuis lag, maar – ja, waar? Als ze weer kon lopen, ging ze misschien naar huis. Maar zou ze ooit nog lopen? De arts wist het weer eens niet en de verplegers zwegen.

Het was allemaal voor later. Later was een enorm zwart gat. Net als het verleden. Net als het nu. Je kon geen kant op.

Lopen, praten, haar ogen opendoen. Iets bewegen, wat dan ook. Iets. Niets. En als het dan niets zou zijn, wat dan? Dan was ze de levende dode van zijn allereerste angsten.

Daar dacht hij ook weer lang over na, in die stille uren. Ja, het denken was het ergst.

Op donderdagmiddag fietste hij het ziekenhuis voorbij,

zonder te stoppen. Hij wilde niet meer. Maar na een paar honderd meter schaamde hij zich dood voor zijn gedrag. Hij reed terug en rende door de lange gangen naar haar toe. Het voelde bijna alsof hij haar verraden had.

'Het spijt me, Marit,' zei hij hijgend.

Haar ooglid trilde.

Haar ooglid trilde!

Cas kon het bijna niet geloven. Hij nam haar hand en kneep er zachtjes in. Ze bewoog een vinger. Ze bewoog!

Een bewegende vinger in zijn handpalm. Het was het beste gevoel dat hij sinds tijden had gehad. Want het kon maar één ding betekenen: er was niet niets! Er kwam iets terug.

Maar wat...

Meteen weer die twijfel. Niet aan toegeven, blij zijn. Je mag in je handen knijpen. En in die van haar.

'We bouwen de slaapmedicatie af,' zei een verpleegster achter hem. 'Ze gaat nu langzaam wakker worden.'

'Kun je me horen, Marit?' vroeg Cas. 'Beweeg je vinger als je me hoort.'

Er gebeurde niets. Natuurlijk niet. Blijf een beetje redelijk, alsjeblieft zeg. Niet alles tegelijk. Maar zijn hart juichte. *Angstig optimisme* – zo stond het ergens in een boek over de oorlog. En dat was het: angstig optimisme.

Marits moeder stapte binnen en moest het wonder ook aanschouwen. Ze huilde natuurlijk, maar anders dan op die zwarte zondagmiddag. Ze lachte erbij.

De arts kwam en stak een verhaal af waar Cas nauwelijks naar luisterde. Hij kon zijn ogen niet van Marit af houden. Nu bewogen haar lippen een beetje, ze trok met een mondhoek. Het waren stuk voor stuk wonderen, wereldwonderen.

Marit bewoog. Het voelde alsof ze Wimbledon gewonnen had, alleen was het veel belangrijker. Wimbledon winnen kan iedereen, dat is een kwestie van oefenen. Terugkeren uit de dood is maar weinig mensen gegeven. Marit was sterk. Marit was geweldig. En Marit was zijn meisje.

Voor altijd.

Thuis kon hij het nergens anders over hebben. Zijn moeder vierde het feestje mee maar zijn vader, die door alle consternatie uit de winkel gelokt was, bleef voorzichtig.

'Het zegt nog niet veel, jongen. Ik bedoel, het is een goed teken natuurlijk, maar spieren kunnen ook uit zichzelf in beweging komen. Ik ben blij, maar het lijkt me nog te vroeg om de vlag uit te hangen.'

Cas haatte die man opeens. Om zijn nuchtere opmerkingen, om zijn wat slepende stem. Maar vooral omdat hij waarschijnlijk gelijk had, een gelijk waar niemand op zat te wachten. En Cas al helemaal niet.

'Jij bent geen dokter,' zei hij fel. 'Godzijdank.'

'Het is en blijft een verbetering,' zei Cas' moeder vastberaden. 'En die neemt niemand ons af. Vanavond eten we pizza. Omdat Marit daar zo van hield. Houdt.'

Ze kleurde van schrik om de verspreking. Met een schok begreep Cas dat ze net zo dacht als zijn vader. Dat ze toneelspeelde. Alsof hij een kleuter was!

Ze waren allebei geen halve cent waard.

'Doe geen moeite,' zei hij. 'Ik eet in het ziekenhuis.'

Het was geen bezoekuur, maar de verpleegster van dienst liet hem toch binnen. Ze kende hem wel, tenslotte.

'Ze slaapt weer,' zei ze. 'Een gewone slaap. Ze is nog vreselijk moe. Je mag haar wel even gedag zeggen.'

Cas bekeek Marit aandachtig. Ze sliep, inderdaad, maar haar gezicht was in beweging. Het grote verband om haar hoofd was weg. Al haar prachtige krullen waren weggeschoren. Het was geen prettig gezicht. Links boven haar oor zat nu een enorme pleister die een beetje bol stond.

'Wat is dat voor bobbel?'

'Vocht. Er staat veel druk op haar hoofd. We hebben een drain aangelegd, dus het moet minder worden.'

Cas wilde niet weten wat een drain was. Alles in het ziekenhuis was horror. Hij boog zich over Marit heen en drukte voorzichtig een kus op haar lippen. De eerste kus sinds vier dagen.

'Ze boft maar met jou,' zei de verpleegster.

Daar was Cas niet zo zeker van. Maar het was aardig bedoeld natuurlijk. Hij keek haar aan en glimlachte. Ze glimlachte terug. Hoe oud zou ze zijn? Niet eens veel ouder dan hij, zo te zien. Leuke meid.

'Als mijn vriendje zoiets zou overkomen...' zei ze. 'Maar goed, ik heb geen vriendje.'

Wat bedoelde ze daarmee? Waarom zei ze dat nu?

Marits been begon te trillen. Haar linkerbeen. Cas legde zijn hand erop, maar het trillen hield aan.

'Rustig maar, Marit. Rustig.'

Het trillen stopte niet, ook niet toen Cas harder drukte. Hij dacht aan de woorden van zijn vader. Ja, spieren kunnen uit zichzelf bewegen. Dat weet iedereen. En hier gebeurde dat ook.

'We hebben iets gemerkt,' zei de verpleegster. 'Misschien zegt het niets, maar tot nu toe beweegt ze alleen met de linkerkant van haar lichaam. Het zou kunnen dat...'

Nee! Cas draaide met een ruk zijn hoofd om.

'Als het niets zegt, zeg het dan niet.'

Ze knikte. Cas boog zich over Marit heen.

'Niet naar haar luisteren, Marit. Ze is geen dokter. Jij en ik weten wel beter.'

De verpleegster schraapte haar keel.

'Ga nou maar,' zei ze. 'Laat haar slapen. Dat is echt het beste wat je nu voor haar kunt doen.'

Dat lijkt me niet, dacht Cas. Het beste wat ik kan doen is bij haar in bed kruipen en haar net zo lang strelen tot ze ook haar rechterkant beweegt. Als iemand dat kan, ben ik het. Denk ik.

Maar hij stond toch op. Ruziemaken met de mensen die Marit moesten verzorgen was geen oplossing.

'Als je morgen terugkomt, is ze alweer een heel stuk verder,' zei de verpleegster. 'Je bent een dappere jongen.'

En jij bent niks, dacht Cas. Niks in een mooie verpakking. Een lege doos. Daar moest hij bijna om lachen, tot hij zich bedacht dat je van Marit hetzelfde zou kunnen zeggen. Dat inzicht verdreef de glimlach weer van zijn lippen.

Hij werd moe van zichzelf, van de eeuwig heen en weer schietende gevoelens, van de twijfels en de hoop. Vijf dagen. Vijf jaar. Een eeuwigheid.

Op de gang liepen twee verplegers met een afgedekt lijk op een brancard. Cas fietste naar huis in de stromende regen.

Kaassoufflé

Het rare was dat het leven doorging. De eerste dagen na Marits operatie ging Cas nog niet naar school, maar aan het eind van de week moest het er toch weer eens van komen.

De klas begroette hem zwijgend, met hoofdknikken en kleine glimlachjes. Het was duidelijk dat ze wisten wat er aan de hand was en er niets over konden zeggen. Alleen Laura kwam naar hem toe, in de stilte voor de eerste bel.

'Hoe gaat het?' vroeg ze.

Dat was een goede vraag, maar Cas was er niet op voorbereid. Hoe ging het? Het ging.

'Ze slaapt,' zei hij. 'Ze houden haar in slaap. Maar ze beweegt haar vingers.'

'Ja, dat weten we. Slob heeft een hele les aan Marit besteed. Ik bedoelde met jou.'

Dat had Cas wel begrepen, maar hij wist nog steeds geen antwoord. Zo ging het, met hem.

'Ik weet het niet. Het gaat wel. Denk ik.'

'Het is waanzinnig oneerlijk,' zei Laura.

'Hoe bedoel je?'

'Zoiets hoort niet te gebeuren. En zeker niet met Marit. Of met jou.'

Dat was aardig. Het sloeg alleen nergens op. Cas ergerde zich opeens aan Laura, zoals ze daar stond met die droevige glimlach. Alsof het haar wat kon schelen! Alsof zij daar lag, in dat metalen bed aan al die slangen.

'Met wie dan wél?'

Dat was onaardig, maar hij kon het niet binnenhouden. Cas keek Laura aan. Er stonden tranen in haar ogen.

'Sorry,' mompelde hij.

'Je weet best wat ik bedoel,' fluisterde ze.

De bel ging en mevrouw Lindhout stapte binnen. Haar ogen vonden hem meteen en bleven op hem rusten.

'Dag, Cas,' zei ze, voor de verandering eens niet in het Frans en veel zachter dan anders. 'Blij je te zien. Wil je iets vertellen?'

Cas schudde zijn hoofd.

'Zoals je wilt. *Allez, prenez vos livres...*'

Alweer een les die aan hem voorbijging. Maar nu mocht het, hij had een geldig excuus. Hij dacht aan Marit, aan de witte stilte van haar gezicht. Hij dacht aan de tranen van Laura.

Het probleem was veel groter dan hij zich gerealiseerd had. Het ging niet om hem en Marit en hun ouders alleen. Er was een klas bij betrokken, een hele school misschien wel. Er waren veel meer touwtjes die aan hem trokken, want het leven ging door. Onverbiddelijk en meedogenloos.

'Heb je er al eens iets over geschreven?' vroeg Samir.

Ze zaten in het redactiehok en Cas kon alleen maar naar de tafel staren. Hun tafel. Hij antwoordde niet.

'Dat helpt soms echt,' ging Samir verder. 'Bij mij tenminste wel.'

Hij trok een proefwerkpapier uit zijn achterzak en gaf het aan Cas.

'Hier. Lees maar.'

Cas pakte het blad aan en las. Het was een kort gedicht, beeldend en ritmisch:

Er was een vuurwerk aan de overzijde van
het meer, een maagd van rimpelende zijde.
Maar rechts van vuurpijl, donderslag,

daar rees de maan de deken uit
van sneeuwzwangere wolken.

'Mooi,' zei Cas.

'Voor iemand die dood was. Vandaar die maan die opkomt. En sneeuw en vuur, begrijp je. Het is eigenlijk een schilderij.'

Ja, dat had Cas wel gezien. Hij wist alleen niet wat hij ermee aan moest. Bovendien vroeg hij zich nog iets anders af.

'Ik wist niet dat jij zelf ook schreef.'

Samir kleurde en sloeg zijn ogen neer.

'Gewoon, voor mezelf. Niet voor de schoolkrant. Later misschien.'

'Het is erg mooi,' zei Cas. 'We kunnen het best plaatsen.'

Samir schudde zijn hoofd en nam het papier terug.

'Die beelden helpen me. Als je de dingen vastlegt, krijgen ze een eigen plek. Daar kun je heen gaan als je wilt, maar je kunt er ook tijdenlang niet komen. Het verdriet is niet weg, maar je kunt het passeren als je je niet sterk genoeg voelt.'

'Het is allemaal nog te nieuw.'

'Dan schrijf je over andere dingen. Uiteindelijk gaat alle poëzie toch over verdriet.'

Misschien, dacht Cas. Ik zou over Finland kunnen schrijven. Een schilderij van sneeuw en cranberrylikeur.

'De meeste mensen begrijpen het niet,' zei Samir.

'Kniediep de sneeuw naast het spoor van de slede,' mompelde Cas.

Hij pakte een leeg vel papier en schreef in één ruk:

Kniediep de sneeuw
naast het spoor van de slede,
de honden geharnast

tegen de kou.
Maar dieper nog het weten
achter haar ogen.

'Oké,' zei Samir.

Cas aarzelde even, zijn pen een paar centimeter boven
het papier. Toen schreef hij verder:

Ongelukkig in de liefde
is iedereen weleens.
Maar houden van een kaassoufflé –
dat valt bitter tegen.

Hij legde de pen neer en begon te lachen, een harde, onstuitbare schaterlach. Dat was voor het eerst sinds die zondagmiddag en het voelde als een bevrijding. Samir lachte mee, de muren van het redactiehok schudden ervan.

'Wat hebben jullie?'

Nicole was door het souffleurshok gekropen. Ze hadden haar niet gehoord.

Cas was meteen stil, hij voelde zich betrapt. Mocht hij wel lol hebben? Was dat niet respectloos tegenover Marit? En nu hij daar toch over nadacht, wat deed Nicole hier eigenlijk? Daar waren in de fietsenkelder toch heel duidelijke afspraken over gemaakt. Telden die opeens niet meer?

'Ik heb een paar tekeningen,' zei ze. 'Ik wilde ze niet in de kopijbus doen, dan zouden ze misschien kreuken. Hier.'

Ze reikte Samir een stapeltje papier aan en trok zich meteen weer omhoog. Cas keek naar haar bungelende benen.

'Zo hé,' zei Samir. 'Moet je zien.'

Hij hield een tekening omhoog. Het was een portret van Marit, in de gymzaal. Ze hing in zweefvlucht boven de kast, haar armen naar voren gestrekt en haar donkere krullen in een woeste dans rond haar geconcentreerde gezicht. Het was een prachtige tekening, perfect tot in de details. Zelfs de denkrimpel boven haar neus ontbrak niet.

'Die komt op het omslag,' zei Samir. 'Met iets van jou erbij. Alleen liever niet dat van de kaassoufflé...'

Hij lachte alweer, maar Cas werd kwaad.

'En dan in zo'n mooi zwart kadertje zeker, met een naam en twee jaartallen eronder! Wat denk jij nou eigenlijk, Samir? Ze is niet dood hoor! Misschien zit ze volgend jaar weer gewoon in de klas!'

Samir wendde zijn blik af.

Hij gelooft het niet, dacht Cas. Niemand gelooft het. Maar het kán wel. Het móét kunnen. Wonderen bestaan. Anders zou er geen woord voor zijn.

Hij griste de tekening uit Samirs hand en klom naar boven, de aula in. Nicole was nergens meer te bekennen.

Het vrouwtje van Boris Botlap

Het gesprek met Samir had tot gevolg dat Cas het hele weekend zat te schrijven. Hele schriften pende hij vol over Finland, over de fietstocht van een jaar geleden, over de meeuwen boven het hotel. Pagina's lang beschreef hij de vrijpartijen met Marit, tot hij er opgewonden van werd – het was een manier om nog samen seks te hebben.

Zelfs op weg naar het ziekenhuis schreef hij door, in zijn hoofd. Hele gedichten en halve waarheden, woorden van verdriet en woede.

'Ik moet schrijven,' zei hij tegen Marit. 'Ik weet niet wat jij je nog herinnert, dus moet ik alles vastleggen. Anders raakt het weg, en dat mag niet.'

Ze had haar ogen open en staarde naar het infuuszakje boven haar hoofd. Cas zocht naar een teken dat ze hem begreep, of zelfs maar hoorde. Het kwam niet, haar blik was leeg en haar gezicht bleef emotieloos.

De zwelling onder de pleister was verdwenen, het leek nu zelfs wel of er een kuil zat.

'De druk is verminderd,' zei de verpleger met het open jasje.

'Maar die kuil,' zei Cas. 'Heeft ze een deuk in haar schedel of zo?'

'Daar zit geen schedel. Er is een heel stuk weggehaald bij de operatie.'

Een gat! Marit had een gat in haar hoofd ter grootte van een halve hand! Waarom hoorde hij dat nu pas? Of had hij het kunnen weten als hij beter naar de dokter had geluisterd?

'Maar dat kan toch niet? Je kan toch niet zomaar een gat in je hoofd hebben?'

'De huid zit eroverheen natuurlijk. Als ze straks sterker is, zetten ze de botlap terug.'

Botlap.

Het smerigste woord op aarde. Ergens in dit spookhuis lag een stukje Marit in een potje. Met een sticker erop: 'Botlap Marit van Eeghen' of iets dergelijks. Gadverdamme.

'Straks weet je zoveel over medische zaken dat je zelf wel dokter kunt worden,' zei de verpleger met een glimlach.

Ik dacht 't niet!

Botlap.

Cas zag het woord voor zich, in drukletters.

BOTLAP.

'Marit, je hebt een gat in je hoofd. En niet zo'n kleintje ook.'

Ze draaide haar ogen naar hem toe. Cas glimlachte, of probeerde dat tenminste. Even flikkerde er iets in die lege blik, een vonkje van het oude vuur. Cas' hart sprong op.

'Je weet wie ik ben, hè? Je weet het weer.'

Het staren was terug. Maar Cas wist zeker dat ze hem gezien had, écht gezien. En de verpleger had het ook gemerkt.

'Dat is goed nieuws,' zei hij.

Cas werd alweer kwaad. Lazer toch op, man! Waarom sta je daar nou de hele tijd, we mogen toch ook weleens alleen zijn? Ga mensen wassen, ga koffiedrinken. Ga botlappen poetsen.

Marits moeder stapte binnen. Twee bedden verderop begon een apparaat hard en schel te piepen. De verpleger haastte zich erheen.

'Dag Cas,' zei Marits moeder. 'Hoe is het met haar?'

'Ze heeft me herkend. Ik zag het in haar ogen. Nu net.'

'Echt?'

Marits moeder trok haar jas uit en boog zich over Marit heen. Ze keek haar lang en onderzoekend aan en Marit keek terug, zonder te knipperen.

'Dag lieverd. Ik ben er weer. Weet je wie ik ben? Cas zegt dat je dat weet.'

Weer die kleine schittering.

'O god, je hebt gelijk! O, geweldig! Geweldig, meisje. Ben je daar weer? Ben je terug, Marit?'

Cas kreeg een knuffel en een zoen. Hij werd er verlegen van en hij was blij dat die verpleger opgehoepeld was.

'Ik ga,' zei hij. 'Ik heb nog dingen te doen.'

Dat was een rare opmerking, zo aan dat bed. Maar hij wist niets beters en hij wilde weg, zo snel mogelijk. Er moest nagedacht worden.

Want één ding was Cas wel duidelijk, nadat de eerste blijdschap was weggezakt: voor Marit werd het nu alleen maar zwaarder. Als haar geest terugkeerde, als ze weer kon denken over zichzelf, zou ze zich realiseren waar ze was. En hóé ze was.

Een tennismeisje in een smetteloos wit bed. Een half verlamd hockeymeisje. Brand is erger, riep zijn vader vaak.

Brand is erger... Daar was Cas niet meer zo zeker van toen hij wegfietste van het ziekenhuis. Met een hoofd vol sombere gedachten reed hij naar de strandopgang. Hij zette zijn fiets vast aan het hek voor het hotel. Even overwoog hij om naar binnen te gaan en Marits vader te vertellen over de schittering. Maar nee, dat kon hij beter aan haar moeder overlaten. Hij liep naar het strand.

Brand is erger. Zijn vader had nog zo'n uitdrukking. Weet je wat erg is? Een moeder met een dood kindje.

Het was grijzig weer en er stond een stevige bries uit het noordwesten. Langs de vloedlijn liepen alleen wat hondenbezitters. Cas ging zitten in de luwte van een grote stapel houten vlonders, de vloer van het paviljoen dat binnenkort weer opgebouwd zou worden. Om dan in oktober weer te verdwijnen, zoals elk jaar. Op en af, het leven ging door met ijzeren regelmaat.

Met of zonder Marit.

Het zou niet meer goed komen. Vreemd genoeg kwam het juist door die verbetering van vanmiddag, door die herkenning, dat Cas er opeens zo zeker van was. Het zou misschien zelfs wel bij die kleine schittering blijven. Ze zou niet meer lopen, nooit meer praten. Wat de dokter ook beweerde, hoe vrolijk de verplegers ook waren. Allemaal komedianten, net als zijn moeder afgelopen donderdag.

En hoe moest het dan met hem? Moest hij de rest van zijn leven bij Marit op ziekenbezoek blijven gaan, haar rolstoel voortduwen door het mulle zand van de duinen? Tot aan zijn tachtigste blijven teren op dat ene jaar, die ene vakantie?

Voor eeuwig, voor altijd. Hij dacht voor de zoveelste keer terug aan Lapland, aan de sneeuw. Aan sterke Marit achter op de hondenslee. Als zij alles kon, kon hij dus niks... De rollen waren omgedraaid en Cas wist niet of hij het aankon. Een koud gevoel van hopeloze eenzaamheid bekroop hem.

Dat had Laura bedoeld, toen ze hem aansprak. Daarom was Samir over schrijven begonnen. Zij wisten toen al wat Cas zich nu pas realiseerde: dit ging over hém. Marit was een zaak van de medische wetenschap, als die er al raad mee wist.

Kwart over vijf. Exact een week geleden. Een moeder met een dood kindje.

Hij stond op en klopte het natte zand van zijn broek. De wind duwde hem omhoog naar de strandopgang. Hij kwam maar weinig mensen tegen.

Boven aan de helling stond Nicole. Ze had een grote zwarte hond aan de lijn.

'Hé,' zei ze.

Wat bedoelde ze daarmee? Cas wist zich geen houding te geven. Het liefst wilde hij zwijgend doorlopen, maar ze gaf hem geen kans.

'Hoe vond je m'n tekening?'

'Mooi.'

'Hij moet niet in de schoolkrant, hoor. Hij was eigenlijk voor jou.'

'Dank je.'

'Ben je nog bij Marit geweest? Hoe gaat het?'

Cas haalde zijn schouders op.

'Het komt niet meer goed,' zei hij.

'Jezus...'

Nicole wendde haar hoofd af. Haar ogen volgden twee ruiters, ver weg op het strand. De paarden galoppeerden door de branding en joegen vlokken gelig schuim omhoog naar de wolken.

'Nou ja, niemand weet het nog zeker. De dokter ook niet.'

'Maar jij wel.'

Ze legde even een hand op zijn arm. Dat was prettig, niet te klef. Gewoon, aardig. Misschien viel ze wel mee, neuspiercing of niet.

'Zullen we wat gaan drinken? Dan kun je praten.'

Cas schudde zijn hoofd. Iets drinken, dat ging nou net te ver. Maar Nicole drong aan.

'Je moet er toch eens uit? Alle dagen naar dat ziekenhuis, daar word je toch ook niet vrolijker van?'

De hond begon aan zijn riem te rukken. Ze klikte hem los.

'Ga maar, Boris. Vrouwtje komt zo.'

Vrouwtje. Ook zo'n woord.

Botlap... Boris Botlap. Het vrouwtje van Boris Botlap.

Cas keek de hond na en begon te lachen.

'Waar lach je om?' vroeg Nicole.

Het was niet uit te leggen. Het had iets te maken met woorden, smerige woorden. Woorden die aan elkaar hingen en de wereld onbegrijpelijk maakten. *In den beginne was het woord en met het woord kwam de verwarring* – wie had dat gezegd? Alles was onbeschrijfelijk grappig, maar niet uit te leggen. Je moest erbij zijn geweest.

En het was ook allemaal zo doorzichtig. Nicole die een schetsje van Marit maakte. Die wat tekeningen naar het redactiehok bracht. Nicole die naar Marit informeerde. Nicole die iets wilde gaan drinken. Zo ontzettend doorzichtig en vies...

Marit had gelijk gehad. En Cas kon haar niet verraden. Wat voor een mens zou hij zijn als hij nu met Nicole aanpapte? Ze kon hier ter plekke al haar kleren uittrekken, wat hem betrof, hij zou alleen maar vriendelijk informeren of ze het niet koud had.

'Ik zie je op school, goed?'

Cas draaide zich af, maar ze pakte hem bij de mouw van zijn jas. Voor hij wist wat er gebeurde, kuste ze hem. Een klein, vluchtig kusje op zijn wang.

'Je bent niet alleen, Cas.'

Nee, inderdaad. Toen hij naar zijn fiets wandelde, zag hij Marits moeder staan. Voor het hotel, haar autosleutels nog in de hand. Ze had het gezien.

Er was niets gebeurd, maar zij had alles gezien.

Weg

Na de eerste week brak een tijd aan van doffe monotonie. Marit ging met kleine stapjes vooruit; de beademing werd verwijderd, ze mocht vloeibaar voedsel hebben. Ze verhuisde van de intensive care naar de medium care en ten slotte kwam ze op een gewone zaal terecht – de *I don't care*, dacht Cas grimmig.

Nog altijd lag ze nagenoeg bewegingloos op bed en reageerde ze alleen met haar ogen, steeds een beetje meer en langer, dat wel, maar alleen met haar ogen.

Cas bezocht haar zo vaak hij kon, voerde haar pap en hield haar hand vast. Hij begon wel bezoeken over te slaan, en tijdens de proefwerkweek bleef hij zelfs twee dagen helemaal weg. Toen hij op vrijdagmiddag, vol wroeging, weer bij haar langsging, was haar toestand niet veranderd.

Het vrat aan hem, aan haar ouders, aan iedereen. In de klas werd niet meer naar Marit gevraagd, alsof ze begrepen dat het hem pijn deed als hij weer niets te melden had. Ook thuis zweeg hij. Alleen in het hotel, waar Cas regelmatig op de koffie ging, werd nog voortdurend over Marit gesproken. Altijd optimistisch, en dat kostte misschien nog wel de meeste kracht.

Op school was het de tijd van het paaspingpongtoernooi. De aula stond vol tafeltennistafels en aan de wand bij de deur hingen uitgebreide wedstrijdschema's. Marits naam stond er nog op, zag Cas tot zijn schrik. Doorgehaald, maar duidelijk leesbaar.

'Weinig tactvol van Van Beurden,' zei Samir, die naast hem stond. 'Maar van hem kun je zoiets verwachten.'

Cas knikte en slenterde de aula in met Samir op zijn hielen. Overal werd fanatiek gespeeld. Twee brugklassertjes, een jongen en een meisje, waren aan elkaar gewaagd. Cas bleef even staan kijken. Het meisje was fel, ze stond ook voor. Haar kleine lijf leek haast te barsten van de energie en ze heerste over de tafel als een keizerin.

Een kleine Marit...

Het meisje keek hun kant op en leek te schrikken. Twee, drie smashes vlogen mijlen over de tafel heen. De jongen rook zijn kans en sloeg toe.

'Wat heeft zij nou opeens?' vroeg Cas.

Samir antwoordde niet, maar schuifelde verder door de massa. Uiteindelijk bereikten ze het toneel. Cas liet zich door het souffleurshok zakken en plofte neer aan de redactietafel.

'Thee?' vroeg Samir.

Hij liep naar het keukenblokje in de hoek en vulde de waterkoker. Toen hij hem inschakelde, klonk er een korte knal en het licht viel uit. Cas lachte.

'Ja, lekker!'

'We hebben kaarsen. Wacht even...'

Er klonk een luid gestommel en zacht gevloek. Cas zat aan tafel en staarde in het donker. Vanuit de aula kwam nog steeds het ritmische getik van balletjes, daar ging alles dus gewoon door. Het was een plaatselijke kortsluiting.

Samir streek een lucifer af en stak een paar waxinelichtjes aan die hij over de tafel verdeelde. Het redactiehok kreeg er iets gezelligs door, een sfeer van Kerstmis of een kampvuur.

Er lag een stapel tekeningen op de tafel. Nieuw werk van Nicole, veel paarden en een geslaagde karikatuur van Lindhout.

'Nicole is gek,' zei Cas.

'Op jou,' zei Samir. 'Daar kan ze niks aan doen.'

'Ja, maar ze moet zich niet opdringen. Dat is smakeloos.'
'Als je verliefd bent, heb je jezelf niet helemaal in de hand. Dan doe je rare dingen. Zelfs smakeloze.'
Cas dacht aan het brugklassertje achter de tafeltennis-tafel en glimlachte.
'Zou die kleine van daarnet dan ook...'

'Misschien,' zei Samir iets te snel. 'Ik ken haar wel. Het is een bijzonder kind.'
'Juist.'
Er viel een stilte. Boven hun hoofd tikten de balletjes en uitten de spelers hun geluk of teleurstelling met luid geschreeuw. Cas speelde met een waxinelichtje tot hij zijn vingertop brandde.
'Hoe gaat het nou?' vroeg Samir opeens.
Cas werd pissig.
'Hoe moet ik dat weten? Het gaat gewoon.'
'Omdat je over Nicole begon.'
'Dat was... Om maar iets te zeggen.'
'Goed,' zei Samir.
Hoezo goed? dacht Cas. En waarom ben ik eigenlijk over Nicole begonnen? We zijn nog geen maand verder. Nog niet eens een maand. En Marit is voor eeuwig! Voor eeuwig, en dan zien we wel hoe lang dat duurt. Wat zit ik nou allemaal te denken? Ik lijk wel gek.
'Mijn grootouders gaan voor mij een meisje uitzoeken in Marokko,' zei Samir.
'Lullig voor je.'
'En voor haar.'
Wat was de bedoeling van dit gesprek? Samir was een meester in raadsels. Had dit iets met Marit te maken? Het verband was Cas niet meteen duidelijk. Misschien was dat er ook wel niet, wilde Samir hem op andere gedachten brengen door over zijn eigen problemen te praten. Weinig kans.

Waarschijnlijk, concludeerde Cas, had Samir ook gewoon niets zinnigs te zeggen over Marit. Zoals niemand dat had. Omdat er gewoon niets zinnigs over te zeggen víél. En dus was ook dit gesprek zinloos.

'Ik ga,' zei Cas. 'Ik wil nog even langs het ziekenhuis.'

Hij klom omhoog de aula in. Achter hem blies Samir de waxinelichtjes uit.

'Ga jij nog weleens iets leuks doen?' vroeg Marits moeder terwijl ze samen door de ziekenhuisgangen liepen.

Cas haalde zijn schouders op.

'Wel doen hoor,' zei ze. 'Je bent maar één keer jong.'

'Ik heb er geen zin in. Ik ben een keertje naar de kroeg geweest, maar ik was na een half uur alweer weg.'

'Toch moet je het proberen. Marit wil niet dat je eenzaam bent, dat weet ik zeker.'

Cas zweeg. Dit was geen goed gesprek. Hoe aardig ze het ook bedoelde, Marits moeder moest zo niet praten. Iedereen mocht zulke dingen zeggen, maar zij juist niet. Het was ongepast.

Ze voerden Marit banaan met sinaasappelsap en kregen er een scheef glimlachje voor terug. Dat was alweer iets.

Bij de fietsenstalling begon Marits moeder opnieuw.

'Kom nou gewoon eens een paar dagen niet. Ga iets leuks doen met Pasen. Er komt wat familie logeren bij ons, dus Marit heeft bezoek genoeg. Doe het nou maar.'

'Ik zie wel,' zei Cas.

Op de terugweg dacht hij erover na. Misschien was het toch een goed idee. Hij kon naar zijn neven gaan, in Amsterdam. Een lang weekend lol maken. Eigenlijk had hij daar best zin in.

Zijn moeder was er meteen voor en zijn vader haalde honderd euro uit de kassala. Zwijgend, twee briefjes van vijftig.

Diezelfde avond nog zat Cas in de trein en keek naar de donkere landerijen die langs het raampje flitsten. Hij voelde zich opgelucht. Dit had hij inderdaad veel eerder moeten doen. Toen hij zijn neven zag staan, bij het meetingpoint op het Centraal Station, was hij bijna jolig. Ze liepen de Nieuwezijds op en doken de eerste kroeg in die ze tegenkwamen.

Zij gelooft in mij

'Weet je dat ik me er niks bij voor kan stellen,' zei Job.

Hij zat onderuitgezakt op zijn barkruk en staarde in zijn glas pils. Hoewel hij drie jaar ouder was dan Cas, zag hij er jonger uit. Hij had zelfs zijn rijbewijs moeten laten zien om bier te kunnen bestellen. Zijn broer Thomas was zeventien, maar leek ouder door zijn vlassige baardje.

Job was al jaren uit de kast en sinds hij dat wist, was Cas hem Neef Nicht gaan noemen, een naam waar Job zelf verschrikkelijk om kon lachen. Hij en Thomas waren Cas' beste vrienden en op een avond als deze merkte hij pas hoe hij hen gemist had.

'Ik probeer het wel, maar het lukt me gewoon niet,' ging Job door. 'Dat iemand zo helemaal, zeg maar, wég is. En dat dat dan je meisje is. Dat kan ik me niet voorstellen.'

'Ik ook niet,' mompelde Cas.

Een oud mannetje op de hoek van de bar hief een aria aan. De barman schonk hem nog wat jenever in.

'We moeten hier weg,' zei Thomas. 'Als ze eenmaal beginnen met zingen, houden ze niet meer op.'

Ze rekenden af en stapten de avond in. Het was nog druk op straat, uit de kroegen straalde warm licht. Cas voelde zich beter en beter. Hij was opgenomen door de grote stad met haar duizenden drama's. Hij was niet langer alleen.

Job en Thomas leidden hem door een labyrint van steegjes en grachten. Hier en daar zaten halfnaakte meisjes in roodverlichte ramen. Ze wenkten naar de jongens, tikten zelfs tegen het glas.

'Morgen weer,' grapte Job.

'Ik heb een vriend die verliefd is op zo'n meid,' vertelde Thomas. 'We zijn een keer naar binnen gestapt. Hij wilde iets met haar drinken. Zegt zij: "*That is fifty euro.*" Zegt hij: "*You don't understand, I just want to take you out for a drink.*" En zij weer: "*I don't care what you want, it's fifty euro.*"'

Cas lachte. Toch dapper, dacht hij. Hij zag zichzelf nog niet zo gauw zo'n kamertje binnen gaan. Daar zou hij op zijn minst nog wat extra biertjes voor op moeten hebben.

'Je weet toch waarom dat licht rood is, hè,' zei Job. 'Dan ziet hun huid er mooier uit. Slagers doen dat ook bij de biefstukken.'

'Misschien een ideetje voor het ziekenhuis,' zei Cas.

Zijn neven lachten luid.

'Wacht even, er zit iets in mijn schoen,' zei Job.

Ze gingen op een koud trapje zitten. Job verwijderde een steentje en trok zijn schoen weer aan. Het was stil langs de gracht, hier waren geen hoeren of kroegen meer. Aan de overkant liep een man met een hondje. Twee agenten te paard kwamen een steegje uit en verdwenen over de brug. Het geklepper van de hoeven was nog lang te horen.

'Waar gaan we eigenlijk heen?' vroeg Cas.

'Iets in de Jordaan,' zei Thomas. 'Dan kunnen we naar huis kruipen als het moet.'

'De Lantaarn dan maar,' zei Job. 'Als Maarten achter de bar staat, krijgen we misschien een rondje van de zaak.'

Maar ze stonden niet op. Op de een of andere manier was het plekje te mooi, de gracht te stil om zomaar weg te lopen. Er dobberde een zwaan voorbij.

'Misschien wil je er niet over praten,' begon Job, 'maar hoe gaat het nou verder, met jou en Marit?'

'Hou nou toch op man,' riep Thomas. 'Cas is hier om lol te trappen, en het is onze taak om ervoor te zorgen dat dat lukt. De naam Marit wordt vanavond niet meer uitgesproken.'

Zoals in de klas, dacht Cas. Zoals bij mij thuis. We zwijgen. We zwijgen met Marit mee.

'Het geeft niet,' zei hij.

'Ben je nog verliefd?' vroeg Job.

Daar had Cas nog niet over nagedacht. De laatste maand had hij zich vooral zorgen gemaakt om Marit. Dat was een heel ander gevoel dan verliefdheid. Was hij nog verliefd? Ja, op die schittering in haar ogen. Maar die kwam heel zelden voorbij, en of het op den duur genoeg zou blijven...

'Ja,' zei Cas. 'Dat moet.'

'Niks moet,' zei Thomas. 'We moeten naar De Lantaarn, dat wel. Maar verder niks.'

Hij stond op en daalde het trapje af. Job en Cas bleven zitten.

'Het houdt een keer op,' zei Job. 'Dat kan niet anders.'

Het was precies waar Cas bang voor was. Hij zweeg.

'Zeg, familie Sombermans,' riep Thomas. 'Als we nog dronken willen worden, moeten we nú beginnen.'

Cas sprong op. Hij schudde alle gedachten uit zijn hoofd en sloeg zijn arm om Thomas' schouders. Job deed hetzelfde aan de andere kant. Zo liepen ze de gracht af en de brug over, naar het hart van de Jordaan.

Café De Lantaarn was klein, rokerig en stampvol. De muziekinstallatie braakte onophoudelijk liedjes uit van dode volkszangers, waarvan de refreinen hartstochtelijk werden meegezongen.

'Echt Amsterdam,' zei Thomas terwijl ze zich naar binnen wurmden. 'Bier?'

Hij verdween in de drukte. Cas en Job vonden een plekje bij het raam, half weggedrukt tussen de kapstokken. De muziek stond zo hard dat ze moesten schreeuwen.

'Dit is onze vaste kroeg,' zei Job. 'Normaal is het niet zo druk, maar het is vakantie.'

Thomas kwam terug met drie vaasjes hoog boven zijn hoofd.

'Maarten is er niet,' zei hij. 'Pech voor jou, Job. Er is een nieuwe. Een meid met heel kleine tietjes. Wel lekker.'

Ze dronken zwijgend. Cas keek naar de rood aangelopen koppen om hem heen, luisterde naar het geschreeuw en gelach. En naar het spontane koor dat weer een refrein aanhief.

Want zij gelooft in mij
Zij ziet toekomst voor ons allebei

Toekomst...

De glazen waren leeg, het was Cas' beurt om iets te halen. Het werd een zware tocht, hij kreeg bier in zijn nek en iemand stak bijna zijn haar in de fik met een sigaret. Eenmaal bij de bar kreeg hij een elleboog in zijn maag.

'Kijk dan ook effe een beetje uit, lul,' zei de dader.

Cas zei niets terug. Het barmeisje kwam zijn kant op. Ze was inderdaad rank, in een strak zwart T-shirt. Haar blonde haar piekte alle kanten op en haar wangen waren hoogrood van het harde werken.

'Hoi,' zei ze. 'Zeg het maar.'

'Drie bier,' mompelde Cas.

'Drie?'

Hij stak drie vingers op en knikte. Ze lachte. Toen ze de glazen aan hem gaf, raakten hun vingers elkaar. Ze lachte weer.

'Heb je niet kleiner?' vroeg ze toen hij zijn biljet van vijftig euro gaf.

Hij schudde van nee.

'Is-ie wel echt?'

'Volgens mijn vader wel,' riep hij.

Ze lachte opnieuw. Hij kreeg wat vochtige briefjes en klamme muntjes terug.

'Kom je hier vaak?' vroeg ze.

Cas schudde zijn hoofd.

'Jammer,' zei ze. 'Mooie treurige ogen.'

Ze boog zich naar een andere klant en Cas begon aan de terugweg. Met moeite wist hij zijn vracht behouden bij het raam te krijgen.

'Wat stond je nou te smoezen?' vroeg Thomas.

'Wisselgeld,' zei Cas.

'Wisselgeld, m'n reet! Ze was je aan 't versieren. Dat soort dingen zie ik toch.'

Cas zweeg. Thomas had gelijk, er was een vonkje overgesprongen. En dat voelde goed. Heel even zweefde Marits witte gezicht hem voor de ogen, maar hij wist het beeld te verjagen met een slok bier. En nog eentje, en nog een.

Hij was uit. Hij deed niks. Hij genoot.

Avonturen op een groene bank

Na middernacht werd het rustiger. De oudere bezoekers
gingen naar huis, soms wat zwalkend en met doffe ogen.
De jongeren gingen de stad in op zoek naar meer vertier.
Er werd andere muziek gedraaid, rustiger en minder luid.
Cas, Job en Thomas vonden een plekje aan de bar.

'Nog maar eentje doen dan?' vroeg Job.

Cas voelde dat hij genoeg had, maar wilde geen spelbreker zijn. Hij knikte en schoof zijn lege glas naar voren.

'Hé schoonheid,' riep Thomas. 'Doe ons er nog drie!'

Het meisje glimlachte en tapte de glazen vol.

'Hoe heet je eigenlijk?' vroeg Job.

'Moon,' zei ze.

'Moon, Moon, zo wonderschoon,' zong Thomas.

Ze zette de glazen op de bar.

'En jullie?'

'Wij zijn de neefjes Dalton,' zei Thomas. 'Joe, Jack en Averell. Je weet wel.'

'Ik heet Cas,' zei Cas moeizaam.

'Cas... Ja, dat past wel,' zei Moon nadenkend. 'En waarom ben je zo treurig, Cas?'

'Intiem, intiem!' brulde Thomas. 'Kom Joe, we gaan een eindje verderop zitten.'

Hij en Job verschoven hun barkrukken en draaiden Cas en Moon demonstratief hun rug toe.

'Niks,' zei Cas. 'Zo ben ik.'

Ze schonk zichzelf een glas rode wijn in.

'Op jou dan,' zei ze.

'Op mij.'

Ze lachte.

Ze was zo heel anders. Aan Moon was alles licht, van haar piekhaar tot haar ogen en de huid van haar armen. Maar haar lachje leek wel op dat van Marit – toch? Tot zijn schrik kon Cas zich nauwelijks herinneren hoe Marit lachte. Het was zo lang geleden dat hij het gehoord had, het was zo ver weg... Verbaasd voelde hij een traan langs zijn wang lopen.

'Hé,' zei Moon. 'Wat krijgen we nou?'

'Niks,' zei Cas. 'Bier.'

Ze boog zich naar hem toe en ving de traan op met haar pink, die ze vervolgens in haar mond stak.

'Geen bier,' zei ze. 'Tranen.'

Een klant in de verste hoek van de bar brulde om drank.

'Ik ga om twee uur dicht,' zei Moon. 'Wacht je op me?'

Cas knikte stom. Ze vulde zijn glas bij en ging verder met haar werk.

'Jij hebt wel beet hè,' zei Thomas. 'Mazzelpik. En nou?'

'Ze wil dat ik op haar wacht,' zei Cas.

'Dan heb je ons niet meer nodig,' zei Job.

Hij viste een sleutel uit zijn broekzak.

'Het adres weet je,' zei Thomas. 'Mijn ouders komen nooit voor tienen beneden, dus zorg dat je op tijd bent. Ik zie je!'

Ze wankelden naar de deur. Op de drempel draaide Job zich nog even om.

'Genieten hè, je hebt er recht op,' zei hij. 'Lekker Frédériquen zal ik maar zeggen. Toedeledokie!'

Die naam bracht Cas weer enigszins bij zijn positieven. Hij moest weg, hij moest met de neven mee. Maar hij bleef zitten, zwaar van het bier en de muziek. Even keek hij schichtig naar Moon. Ze stond met de rug naar hen toe en prutste wat aan de cd-speler. Hopelijk had ze niets gehoord.

Om tien minuten voor twee draaide Moon de verlichting vol aan. Cas knipperde verdwaasd met zijn ogen en realiseerde zich dat hij het laatste halfuur zo'n beetje had zitten slapen. Er zat nog maar één andere klant in het café.

Het is tijd
De hoogste tijd
U wordt bedankt
Voor weer een avond gezelligheid

'We gaan sluiten,' zei Moon tegen de klant. 'Morgen om elf uur mag je d'r weer in.'

De man haalde luidruchtig zijn neus op en gleed van de kruk.

'Groeten aan Maarten,' zei hij.

'Doe ik. En voorzichtig op straat hè?'

Ze sloot de voordeur achter hem en liep terug naar de bar.

'Ben je wakker, Cas? Je zat er net zo lief bij.'

Ze gaf hem een tikje op zijn neus en begon asbakken te legen. Cas schudde de slaap van zich af. Het tukje had hem goed gedaan, zijn hoofd was helder en hij voelde zich tot van alles in staat.

'Kan ik iets doen?'

'De stoelen mogen op de tafels. En zet eerst normale muziek op, asjeblieft.'

Cas liep om de bar heen en zocht in de la met cd's. Hij vond er eentje met oude blueszangeressen en gokte dat Moon daar wel van zou houden. Goed gegokt.

'Ja, lekker,' zei ze. 'Jij de stoelen, ik de kas, dan zijn we zo klaar.'

Ze haalde de geldla uit de kassa en verdween door een deur achter de bar. Cas keek om zich heen. Het was een onwerkelijk beeld, dat lege café. Afgesopte tafels, glimmend in het tl-licht, modder op de vloer. Het leek of de

geest van al die bezoekers was blijven hangen, hun aanwezigheid was nog bijna tastbaar. Een vergeten jas aan een
haak, een verfrommeld pakje sigaretten onder de verwar-
ming, een verkruimeld bierviltje. Zware gesprekken, ple-
zier, dronkenschap. Zelfs nu het leeg was, bleef het café
vol leven.

Net toen hij de laatste stoelen omgekeerd op een tafeltje
zette, kwam Moon terug.

'Ruim over de duizend euro. En dan moet je weten wat
ik hier verdien... Maar goed, drink je nog wat van me?'

'Doe maar koffie.'

'Nee, het apparaat is al schoon. Ik kan wel thee maken.'

Ze tapte twee glazen vol heet water en hing er zakjes in.
Daarna draaide ze de verlichting lager.

'Kom je achter? Anders zitten we zo in de etalage.'

De deur achter de bar leidde naar een kantoortje met
een bureau en een enorme brandkast waar Moon de thee-
glazen op zette. Er pal naast stond een verschoten groene
bank.

Cas stond wat besluiteloos in de deuropening. Moon
zag het en lachte.

'Kom zitten,' zei ze. 'Ik bijt nauwelijks.'

Zo gauw hij binnen handbereik was, trok ze hem naar
zich toe en kuste hem, haar tong diep in zijn mond en haar
hele tengere lijf tegen hem aan geperst.

'Zo,' zei ze. 'Dan hebben we dat maar gehad. Vertel eens,
Cas met de treurige ogen. Waar kom je vandaan?'

'Zuideroog,' zei Cas, in de war.

'Daar heb ik weleens op het strand gelegen. Leuk stadje.'

'Ja.'

Cas wist nog steeds niet of hij de situatie wel prettig
vond. Moon was aantrekkelijk, grappig. Maar diep in zijn
hart klonk een verwijtend stemmetje dat hem zei dat hij
weg moest gaan. Dat dit eigenlijk niet kon.

'En jij?'

'Ik woon in Amsterdam. Nog maar net hoor, ik ben eerstejaars.'

'Wat studeer je?'

'Psychologie.'

'O, vandaar,' zei Cas slapjes.

Ze lachte.

'Ja, ik heb je gekozen als studieobject. Leeftijd? Opleiding? Burgerlijke staat?'

Ze kwam weer tegen hem aan liggen en aaide zijn buik met haar lange, bleke vingers.

'Ik zag al toen je binnenkwam dat je anders was. Heel anders dan die vrienden van je.'

'Neven.'

'O, het zijn écht je neven? Nou goed. Ik vind je lief.'

'Je kent me niet.'

'Maar daar kunnen we toch wat aan doen?'

Opnieuw drukte ze haar lippen op de zijne. Ze leidde zijn hand naar haar borst. Hij merkte dat ze opgewonden was, en hij werd het zelf ook. Het voelde goed om tegen haar aan te liggen, dat tengere lijf te voelen ademen in zijn armen. Haar hand daalde af naar zijn kruis en masseerde hem.

'Kom op, Cas,' fluisterde ze. 'Neem me.'

Met zijn vrije hand trok hij haar T-shirt uit haar broek en schoof het over haar hoofd. Ze keek hem aan met glinsterende ogen en maakte zelf haar broek los terwijl ze haar laarsjes door het kantoortje schopte. Cas kreeg nauwelijks de tijd haar te bekijken, want zo gauw ze naakt was, stortte ze zich op zijn kleren.

Het duizelde Cas. Moons mond en handen waren overal tegelijk, zij voerde duidelijk de regie vannacht. Er was geen ontkomen aan. Uiteindelijk legde ze hem achterover op de bank en ging over hem heen zitten. Ze had ergens een condoom vandaan gehaald en rolde dat vakkundig af. Zo moest dat dus.

Maar nu kon hij haar dan eindelijk bewonderen en ze beviel hem zeer, met de blauwe lijntjes in de bleke huid van haar borsten en de stevige, roze tepels die hem deden denken aan de gummetjes achter op een potlood – was dat ook ergens uit? Langzaam duwde ze hem bij zich naar binnen en begon te bewegen, voorzichtig eerst maar allengs sneller en wilder.

Cas sloot zijn ogen en gaf zich over aan zijn gevoelens. Een maand geleden was het, bijna een maand, en nu pas wist hij weer wat hij gemist had. Vanuit het café klonken de hijgerige strijkers van een oude ballad.

Every time we say goodbye
I die a little
Every time we say goodbye
I wonder why a little
Why the gods above me...

Het duurde even voor Cas zich helemaal realiseerde waar hij naar luisterde, maar daarna sloeg het besef in als een raket.

Hij pakte Moon bij haar armen en duwde haar voorzichtig van zich af.

'Wat nou, Cas?'

Rillerig zat ze naast hem, op haar knieën. Ze leek nog naakter, en mooier ook, met haar wijdopen, niet-begrijpende ogen.

Cas voelde zich machteloos. Het had anders gemoeten, hij had niet op haar avances moeten ingaan. Maar het voelde zo goed, hij had het zo gemist.

'Het kan niet. Ik kan het niet, Moon. Sorry...'

'Maar we gingen net zo lekker!'

'Ik kan het niet uitleggen, het gaat gewoon niet...'

Heel even bleef ze zwijgend zitten. Toen stond ze op, graaide nijdig haar kleren bij elkaar en begon zich aan te kleden.

'Nou, jij bent ook een lekkere. Eerst gewoon meedoen, en dan opeens afhaken. Sodemieter dan maar op ook, asjeblieft.'

Cas knikte stom en zocht zijn spullen bij elkaar. Het kantoortje bleek opeens groter dan hij verwacht had. Eén sok bleef onvindbaar, dus trok hij zijn schoen aan over zijn blote voet. Hij wilde zo snel mogelijk weg.

'Het ligt niet aan jou, Moon,' probeerde hij.

'Nee, dat moest er nog bij komen,' zei ze bits.

Ze liep voor hem uit het café door en opende de deur voor hem.

'Ik vind je echt geweldig. Ik wou dat het...'

'Hou je kop nou maar.'

Met een por tussen zijn schouderbladen kwam Cas op straat terecht. Hij draaide zich om en opende zijn mond om nog iets te zeggen, maar Moon sloot de deur af en verdween in het duister van het café.

Goed gedaan, Cas. Fantastische avond. Je hebt twee meiden tegelijk verraden. Marit door aan dit avontuur te beginnen, en Moon door het niet af te maken. Nee echt, geweldig gedaan. Je kunt trots zijn op jezelf.

Hij tastte naar de sleutel, die goddank nog in zijn broekzak zat. Hugo de Grootplein, herinnerde hij zich. Geen idee waar hij was of waar hij het adres zoeken moest. Maar ver kon het niet zijn. Als het moest, kon hij het kruipend redden.

Hij rechtte zijn rug en begon op goed geluk te lopen. Al na een paar passen voelde hij dat hij het condoom nog om had.

Uh

De drukte van het paasweekend was voorbij en het hotel wachtte op de eerste zomergasten. In de lobby was het vaak leeg, af en toe zat er een eenzame handelsreiziger achter een kop koffie. Eind april kwam er een hele volley-balploeg logeren, allemaal boomlange jongens uit Estland.

'Dat was wel wat voor Marit geweest, die sporters in huis,' zei haar vader vanachter de bar tegen Cas.

'Nou!' zei haar moeder verontwaardigd. 'Marit kéék niet eens naar andere jongens.'

Ze wierp een snelle blik naar de paraplustandaard, waar Marits nieuwe tennisracket nog steeds stond te wachten. Marits vader kleurde en zweeg.

Cas dacht aan zijn nacht met Moon en bloosde ook.

Hij had er niemand over verteld, zelfs zijn neven niet.

'We hebben gewoon wat gekletst,' had hij gezegd. 'Niks bijzonders.'

Thomas geloofde er niets van, natuurlijk niet, en Job had ook geglimlacht, zo'n klein, alwetend glimlachje, maar Cas bleef zo hardnekkig ontkennen dat ze het opgaven.

'Als het maar een leuke avond was,' concludeerde Job nuchter. Zijzelf hadden het fantastisch gehad op het Rembrandtplein, ze hadden zelfs nog geknokt met een paar kerels van een vrijgezellenfeestje. Thomas althans, Job had erbij staan lachen.

De rest van het weekend was gezellig geweest, ze had-den Ajax zien spelen en tot slot een ouderwetse rondvaart gemaakt. In de stromende regen, maar dat maakte het alleen maar extra leuk. Dan zag je al die grachtenpanden niet zo.

Het schuldgevoel was minder geworden. Ik ben tenslotte weggegaan, hield Cas zichzelf voor, ik heb mijn verstand erbij gehouden. Er waren zelfs korte momenten dat hij daar spijt van had... Maar even vaak sneed de pijn door zijn ziel en kon hij zich niet voorstellen dat hij zo ver was gegaan met Moon.

Om het goed te maken was hij direct vanaf het station naar het ziekenhuis gefietst, die tweede paasdag, maar ze was weg. Cas voelde zich koud vanbinnen toen hij haar bed zag, keurig opgemaakt en leeg. Even vreesde hij het allerergste, maar de verpleger hielp hem uit de droom – of uit de nachtmerrie. Op zaterdag hadden ze Marit naar een revalidatiecentrum gebracht, zo'n twintig kilometer verder naar het noorden. Daar had ze een kamer met uitzicht op zee, volgens de verpleger, en kon ze serieus gaan werken aan haar herstel.

Twintig kilometer! Het zouden lange dagen gaan worden.

Cas was nu afhankelijk van anderen als hij naar Marit wilde. Alleen in de weekends stapte hij weleens op de fiets, door de week kostte het gewoon te veel tijd. Dus zat hij nog veel vaker dan vroeger in het hotel en at daar soms ook. Dat was bovendien een stuk gezelliger dan thuis.

Zo zat hij nu dus in de lobby, wachtend op het vertrek. Hij staarde naar zijn schoenen en luisterde naar de regen op het dak van de serre. Die opmerkingen over trouw en ontrouw bevielen hem helemaal niet. Hij wist haast zeker dat Marits moeder naar hem keek en terugdacht aan die zondagmiddag met Nicole, bij de strandopgang. En wat had dat nou helemaal voorgesteld...

'Jij redt het hier verder wel,' zei Marits moeder tegen haar echtgenoot. 'Wij zijn weg.'

Ze pakte de tas met schone kleren en ging Cas voor naar de auto. Zijn schuldgevoelens spoelden weg met de regendruppels in zijn haren.

Onderweg naar het revalidatiecentrum brak de zon door en ze vonden Marit in een rolstoel op het terras met een deken over haar benen. Op haar hoofd droeg ze een soort helm van gips die de plek moest beschermen waar haar schedel openlag. Een verpleegster had er een vrolijk sjaaltje overheen geknoopt, zodat ze eruitzag als een oude indiaan.

'Ha, Winnetou!' riep Cas.

Ze glimlachte, scheef maar vrolijk. Cas wist nooit hoeveel ze precies begreep van wat er om haar heen gebeurde. Soms leek ze echt te reageren op dingen die hij vertelde, andere keren zag hij niets wat op begrip kon duiden. Alle vrouwen zijn raadsels, besloot hij, en Marit was een raadsel in het kwadraat.

Haar moeder had pen en papier meegenomen en begon met schrijfoefeningen. Marit had al een keer bijna haar naam geschreven, en als je haar een woord gaf met een ontbrekende letter, kon ze die meestal goed invullen. In feite ging ze nog steeds vooruit. Tergend langzaam, maar toch.

Toen ze moe werd, haalde Cas de rolstoel van de rem en liep met haar de duinen in. Haar moeder bleef achter om met de begeleiders te praten.

De zon begon al echt warm te worden, maar van zee woei een venijnige wind. In de luwte van een hoog duin stopte hij, ging op zijn knieën naast haar zitten en sloeg zijn armen om haar heen.

'Ik hou van jou, weet je dat,' fluisterde hij.

Ze knikte ernstig.

'En wat er ook gebeurt, dat blijft zo. Ik zal altijd van je houden.'

Wat er ook gebeurt, dacht hij. Alweer.

Hij drukte een kus op haar wang. Het gips van haar hoofdbeschermer schuurde tegen zijn neus.

'Ik wou maar dat ik je weer kon horen lachen. Dat mis ik nog het meeste.'

Hij dacht aan Moon en bloosde.

'Ik hou van jou,' zei hij nog maar eens.

Ze opende haar mond, de linkerkant van haar mond. Cas zag hoe ze naar kracht zocht, haar hoofd schudde heen en weer van de inspanning. Even leek ze het op te geven, ze ademde uit en ontspande wat. Maar meteen daarna, volslagen onverwacht, brak er een klein geluidje los uit haar keel.

'Uh...'

Ze leek er zelf van te schrikken en keek hem aan met grote, verbaasde ogen. Cas lachte, maar zijn hart sprong op.

Geluid! Ze maakte geluid! Ze had hem begrepen, ze wilde iets zeggen. Of voor hem lachen. En het was haar verdomme nog bijna gelukt ook!

'Hé!' riep hij. 'Hé, Marit! Je praat weer! Nog even en je lult me de oren van mijn kop! Kom hier!'

Hij begroef zijn hoofd in haar hals en knuffelde haar. Zij streelde hem over zijn rug met haar linkerhand. Zijn wang werd nat van haar tranen.

'Niet huilen, Marit. Het is juist goed! Kom, we gaan het je moeder vertellen.'

Maar die was al op de hoogte.

'Ik hoorde dat ze laatst "au" gezegd heeft tijdens een oefening. Is het niet fantastisch, Cas? Het zou geweldig zijn als ze weer kon leren praten.'

Heel even was Cas jaloers op de therapeut die haar het

eerst gehoord had, maar dat vond hij kinderachtig van zichzelf. Het ging toch zeker niet om hem? Nee, nu weer niet. Opeens was Marit terug in het centrum van het universum. Marit van de kleine wonderen, sterke Marit.

Op de terugweg was de stemming uitgelaten.

'Wie weet wat ze over een jaar allemaal kan,' jubelde haar moeder. 'De begeleiders zijn heel optimistisch.'

'Ze is geweldig,' zei Cas en hij meende het.

'Zullen we vanavond uit eten gaan? Om het te vieren? Dan vragen we jouw ouders er ook bij, die zien je toch al zo weinig.'

'Mij best.'

Marits moeder zweeg even en staarde voor zich uit. Het was druk op de smalle kustweg.

'Ik wil niet sentimenteel doen, maar we zijn je zo ontzettend dankbaar. Nee, stil, niks zeggen. Marit heeft het verschrikkelijk getroffen met jou. En wij ook. Ik weet niet hoeveel jongens zouden doen wat jij doet. Hoeveel jongens dat aan zouden kunnen. Ik merk aan alles dat ze er heel veel baat bij heeft. En dat had ik je al veel eerder moeten vertellen. Je bent een engel. Een regelrechte engel.'

Cas zag dat haar ogen vochtig waren. Zelf had hij het ook te kwaad. Hij moest iets terugzeggen, hij moest de zwaarte uit de lucht halen. Anders werd het één grote televisieshow.

'Geen engel,' bracht hij uit. 'Soms heb ik helemaal geen zin. Nu weer wel, maar de laatste tijd...'

'Maar je gaat toch!'

'En ik vergeet haar ook weleens. In Amsterdam...'

'Maar natuurlijk! En terecht. Cas, je bent zestien! Kom op zeg, jij hebt ook recht op een leven.'

Cas slikte. Hij wilde íémand vertellen over Moon, het moest eruit. Juist nu het beter ging met Marit moest hij zijn geheim kwijt. Maar het kon niet. Niet hier, niet nu. En zeker niet tegen deze vrouw die hem een engel noemde.

'Vandaag is een feestdag,' zei Marits moeder. 'We gaan naar de Chinees.'

'Italiaan,' zei Cas.

Ontmoeting met God

Met de komst van de gierzwaluwen, hoog in het blauw boven de Oude Haven, begon de zomer. Het hotel stroomde vol en de Duitse kranten lagen weer op hun vertrouwde plekje in de boekwinkel. Dagenlang was het mooi weer en al bleef de zee voorlopig nog koud, er waren zwemmers genoeg die een duik waagden.

Op een zaterdagochtend fietste Cas naar 't Wed om alleen te zijn en aan Marit te denken. De laatste weken was ze niet veel vooruitgegaan maar dat was normaal, riepen de therapeuten in koor. Het ging met sprongetjes, net als bij baby's. Nou konden baby's net zomin springen als Marit op het moment, maar Cas besloot de deskundigen te geloven.

Het was stil in de duinen, er liep alleen een brugklassertje rond met een verrekijker. De jongen zei hem vriendelijk gedag. Dat was ook zo, dat had hij vroeger ook gedaan met ouderejaars. Zo hoorde het.

Bij het duinmeertje was niemand. Er stond een reiger aan de andere oever, bewegingloos, gespannen in het water turend. Er dreven twee meerkoetjes voorbij. Sierlijk. Zo sierlijk als Marit, toen. In haar zwarte ondergoed.

Er was een jaar voorbij, de zomer begon opnieuw. Nog maar een maand of twee, dan brak de vakantie aan. Cas had geen plannen. Job en Thomas wilden naar Spanje en hadden hem meegevraagd. Misschien deed hij dat ook wel.

Hij trok zijn schoenen en sokken uit. Het water van 't Wed was koud, zo koud als toen. De reiger schrok en klapwiekte weg, een trage drakenvlieger boven de boomtoppen. Een vis sprong op.

Cas liet zich achterover in het zand vallen en sloot zijn ogen. Lieve, lieve Marit, dacht hij. Waar staan we nu en waar gaan we heen? Onder het optimisme van de laatste dagen school nog altijd de angst van de begintijd. Een levende dode was ze niet geworden, verre van dat. Maar wat was ze dan wel, en wat kon ze nog worden? Niemand durfde daar een voorspelling over te doen. Misschien zou ze ooit weer lopen, met krukken en braces. Misschien ook niet. Misschien kwam er een dag dat ze zou kunnen praten. Maar ze is pas weer echt mijn Marit, concludeerde Cas, als ze haar eigen lach terugkrijgt. En diep in hem zei een stem dat dat nooit zou gebeuren.

Er was nog een probleem. Het hield hem bezig sinds die nacht in het kantoortje achter in De Lantaarn. Hij was zestien, werd zeventien over een maand of wat. Zou hij ooit nog seks hebben? Niet met Marit, dat kon niet. Niet zoals ze nu was. Maar ook als ze beter werd – hoeveel beter moest ze zijn? Hij zou het uit moeten maken, waarschijnlijk. Maar kon dat? Wilde hij dat?

Je mag een zieke werknemer niet ontslaan, zegt het arbeidsrecht. Kun je het dan uitmaken met een zieke vriendin? Er bestaat geen liefdesrecht. Alles kan, en niks.

Hier, in dit zand, had ze tegen hem aan gelegen. Hadden ze gepraat over seks, over condooms. Hier waren ze samen opgewonden geraakt en hadden ze besloten dat ze man en vrouw wilden zijn. Voor altijd. Hoe zwaar telde die belofte nu nog? Was Marit dezelfde als toen?

Het waren zware, moeizame gedachten waar hij met geen sterveling over kon praten.

Vanachter hem, uit het bos, klonken het doffe geklop van paardenhoeven op zand en een onrustig gesnuif, gevolgd door het kraken van leer. Cas keek niet op, hij wilde alleen zijn. Als ik jou niet zie, ben je er niet, dacht hij. Maar ze was er wel.

'Hé, Cas!'

Nicole. Van alle mensen die hij niet wilde zien, was zij vandaag wel de voornaamste.

'Hoe is het water?'

Goede vraag. Origineel ook. Ze was blijkbaar niet van plan om door te rijden. Sterker nog, ze stapte af: Cas hoorde haar met een plof in het zand landen. Het paard kwam angstig dichtbij en begon naast zijn voeten van het water te lebberen.

'Dag, Nicole. Hoe is het paard?'

Ze lachte. Nog altijd hield hij zijn ogen gesloten, hij hoorde hoe ze naast hem kwam zitten.

'Het paard is eigenwijs,' zei ze. 'Het paard denkt dat het alles wel alleen kan. Maar het paard is nog jong, ik krijg het wel klein.'

'O, o, dat paard toch.'

'Etter.'

Hij opende zijn ogen en keek haar aan. Ze zat naast hem met opgetrokken knieën, gekleed in alle tuttigheid die paarden mooi schijnen te vinden. De zon spiegelde in haar onberispelijk gepoetste laarzen. Hij dacht terug aan die avond in de herfst toen ze de Dood had gespeeld.

'Hoe heet het paard?' vroeg Cas.

'God,' zei Nicole. 'Eigenlijk Godelinde, maar God past beter.'

Cas keek naar haar neuspiercing. Het ding paste totaal niet bij de rest van haar outfit. Ze was als een bouwvakker met een vlinderstrik, een politieagent met een duikbril. Het ontroerde Cas plotseling.

'God,' herhaalde hij.

Hij keek naar het paard. Het dier was opgehouden met drinken en stond nu rustig naast hem, de oren naar voren en de neusgaten wijd.

'Godsammekrake, soms,' zei Nicole.

'Is het jouw paard?'

'Niet echt. Het is van de manege. Ik ben er elke dag. God is mijn verzorgpaard.'

Het vrouwtje van Boris Botlap had een verzorgpaard. Maar ze is hier al een minuut, dacht Cas, al ruim een minuut en nog geen woord over Marit.

'En wat is het probleem?'

'Eigen willetje. Lastig te rijden.'

'Laat mij maar even.'

Cas stond op en legde zijn hand op de hals van het paard. De huid was warm en vochtig.

'Luister eens, God,' fluisterde Cas, 'zo gaat het niet. Je moet geen eigen wil hebben. Daar houden de mensen niet van. Het is beter dat je gewoon luistert naar Nicole en doet wat zij wil. Dan krijg je een lang en gelukkig leven, met veel suikerklontjes en op dierendag een extra wortel. Begrijp je me?'

Nicole giechelde. Het paard bewoog schichtig met de oren en schraapte met een hoef over de grond.

'Ze begrijpt me heel goed,' zei Cas tevreden. 'Je zult er geen kind meer aan hebben. Ik ben namelijk paardenfluisteraar in mijn vrije tijd, wist je dat?'

'Ik zie het. Kan je ook rijden?'

'Ik heb het nog nooit gedaan. Tenminste, als je een ritje op zo'n overleden pony in Slagharen niet meetelt.'

'Wil je het proberen?'

Cas aarzelde. God was groot en had een eigen wil. Die combinatie was niet erg aanlokkelijk.

'Ze is niet wild of zo, hoor,' zei Nicole. 'Ze doet gewoon rare dingen. Maar je kan er rustig op zitten.'

'Oké dan.'

Nicole stond ook op. Onmiddellijk was ze de instructeur.

'Andere kant. Nee, nooit achterlangs lopen. Daar zitten

benen, begrijp je wel. Die willen nog weleens schoppen. Goed. Linkervoet in de stijgbeugel, zadelknop en teugels vast, niet strak, goed zo, en hoppa! Daar zit je al.'

Cas schoof voorzichtig heen en weer in het zadel en zocht de andere stijgbeugel met zijn rechtervoet. Onder hem trilde het paard nerveus, maar het bleef staan. Nicole pakte het hoofdstel beet.

'Kom dan, Godelinde, kom maar.'

Met een schokje kwam het dier in beweging. Twee, drie, vier stappen liep het langs de oever van 't Wed. Het was een prettig gevoel om die spieren te voelen werken. Cas had het idee dat hij een ridder was, een held uit lang vervlogen tijden. Hij begreep opeens veel beter waarom alle meisjes op paarden wilden zitten. Het was niet niks, zo'n machtig beest tussen je benen. En stel je voor dat je echt goed kon rijden, dat je dat enorme lijf kon besturen als dat van jezelf – dan was je onverslaanbaar!

'Gaat het?' vroeg Nicole.

Cas knikte.

'Ja, het is lekker. Kan God nog wat sneller ook?'

'Dat is nou echt weer iets voor een jongen,' zei Nicole. 'Tien meter paardgereden en meteen in vliegende galop willen.'

'Het was maar een vraag.'

'Wacht... Geef me 's een hand?'

Nicole liet God stilstaan. Cas stak een hand uit en zij trok zichzelf op het paard, achter het zadel. Hij voelde haar borsten tegen zijn rug terwijl ze haar armen onder de zijne door stak en de teugels nam. Ze drukte haar hielen in de paardenflanken en klakte met haar tong.

'Hu, Godelinde, toe maar meisje.'

'Je moet geen meisje zeggen tegen God,' bromde Cas.

Meteen hield hij zijn mond dicht. Godelinde schoot vooruit en draafde het bos in, langs het ruiterpad.

'Ontspannen!' riep Nicole in zijn oor. 'En pas op voor laaghangende takken.'

Cas had al twee striemen te pakken, maar dat gaf niet. Het hoorde erbij, bij het riddergevoel. Hij zoog zijn longen vol boslucht en probeerde zo ontspannen mogelijk te blijven zitten. Nicoles haren streken langs zijn gezicht en hij rook haar geur, licht zoet vermengd met zweet.

Seaside Dream...

Op een duintop haalde Nicole de teugels aan. Godelinde brieste en stond stil. Nicole liet zich op de grond zakken en hielp Cas naar beneden. Hij landde met zijn blote voet in een doorn. Gaf niet, hoorde er ook bij.

'En?' vroeg ze.

'Helemaal te gek,' zei Cas terwijl hij de doorn lostrok. 'Nooit geweten dat paardrijden zo fantastisch is.'

'Kom maar eens langs op de manege,' zei ze.

'Misschien wel.'

Nicole zweeg en keek uit over de zee die stil en blauw in de verte lag. Cas volgde haar blik. Altijd in beweging, dacht hij. Maar vandaag toch niet.

'Je bent niet alleen, hè Cas. Dat heb ik je al eens gezegd, maar toen wilde je niet luisteren.'

Daarmee bedierf ze het bijna, maar Cas glimlachte. Ze bedoelde het goed.

'Zal ik je terugbrengen?' vroeg ze.

Hij schudde zijn hoofd.

'Ik loop wel. Ik zie je op school.'

Heel even aarzelde ze, maar toen steeg ze op en gaf Godelinde de vrije teugel. In een wolk van zand verdween ze tussen de bomen.

Niet langer het vrouwtje van Boris Botlap, dacht Cas. Een goddelijke ruiter.

Alles kan

114 | In juni werd Marits schedel 'opgelapt', zoals haar vader het noemde. Daarmee raakte ze meteen haar krullen weer kwijt, maar dat was een tijdelijk ongemak. Het belangrijkste was dat ze haar eigen hoofd terugkreeg en dat het rare gipskapje binnenkort overbodig zou zijn.

De dag na de operatie was het plan bij Cas opgekomen: Marit moest gaan paardrijden. Hij herinnerde zich zijn eigen euforische gevoel van macht toen hij op die sterke rug zat. Voor Marit zou het helemaal een succes zijn, dat kon niet anders.

Hij sprak erover met Nicole, in de grote pauze.

'Dat kan heel goed,' zei ze. 'Er komen wel vaker gehandicapten rijden.'

Gehandicapten! Weer zo'n afschuwelijk woord. Maar Cas kon er moeilijk iets tegen inbrengen. Marit was gehandicapt, en dat zou ze altijd blijven.

'Denk je dat ze op God mag zitten?' vroeg hij. 'Dat gun ik haar wel.'

'Meestal gebruiken ze wat rustiger paarden,' zei Nicole. 'Ik zal eens vragen.'

In zijn dagboeken was het allemaal snel geregeld. Hij fantaseerde over de tochten die ze zouden maken door de duinen, schreef heroïsche versjes over Marit te paard, Marit met kracht:

Een dooltocht door het stille woud
De sterren, tinkelend en koud
Beschenen
Marits nieuwe benen

Maar in werkelijkheid ging het, natuurlijk, langzaam. Eerst moest haar schedel volledig genezen zijn, daarna moest de manege worden benaderd, artsen bemoeiden zich ermee... Altijd hetzelfde.

Maar goed, Cas was gewend geraakt aan wachten. Hij had het plan geopperd, er werd aan gewerkt en het kwam ooit allemaal goed. Dat had hij in al die maanden wel geleerd. Hij had engelengeduld gekregen.

Bovendien gaf het hem de kans om zelf te leren rijden. Als Marit ooit de duinen in zou gaan, wilde hij erbij zijn. Zijn ouders stemden meteen toe, blij dat hij wat afleiding gevonden had.

Op school was het rustig, ondertussen. Alle eindexamenkandidaten zaten thuis en wachtten op de uitslag. Samir liet zich niet meer zien, die scheen ergens schapen te scheren. De redactie van de schoolkrant bestond nog maar uit drie mensen en Cas werd een soort van hoofdredacteur. Dat vond hij, met het oog op Marit, een grappige titel.

Nicole nam een steeds belangrijker plaats in, in zijn leven. Niet dat ze zich opdrong, helemaal niet. Het ging min of meer vanzelf en het voelde goed, er was niets verkeerds aan. Ze was algauw de redactie komen versterken en sinds hij paardrijlessen nam, zag hij haar regelmatig op de manege.

Het was vriendschap, echt niet meer dan dat, maar toch maakte Cas zich zorgen. Hoe zou Marit reageren als ze hen samen zag? Zou ze zich nog iets herinneren van het incident in de fietsenkelder, en waar dat mee te maken had gehad? Het was vijf maanden geleden, maar toch. Cas wilde haar voor geen prijs verdriet doen.

'Vertel het haar gewoon,' zei zijn moeder op een van de spaarzame momenten dat ze weer eens samen spraken.

'Ik weet niet hoeveel ze begrijpt.'

'Als ze het begrijpt, is er niets aan de hand. Als ze het niet begrijpt, kent ze Nicole ook niet meer en is het ook goed. Of ben ik nou te simpel?'

Ja, ze was te simpel. Maar hoe dat precies zat, kon Cas ook niet uitleggen. Het was misschien het eenvoudigst om haar raad op te volgen. Voor de verandering.

Veel was nieuw. Zijn oude vrienden, die hij in het begin zo verwaarloosd had, waren niet teruggekomen. Er was geen ruzie, ze spraken elkaar gewoon op school, maar het ging nergens meer over. Cas miste hen niet. Er waren andere mensen gekomen: Marits ouders, Samir ook wel, en nu Nicole. En Marit was voor altijd.

Uitgaan deed hij met Job en Thomas. Sinds die eerste nachtelijke excursie was hij regelmatig naar Amsterdam geweest om stoom af te blazen. Café De Lantaarn had hij niet meer bezocht. Zijn neven keken daar wel van op in het begin, maar vroegen niet door. Ze zouden in elk geval samen naar Spanje gaan.

Ja, het was een nieuw leven, een klein leven rond Marit met af en toe een uitstapje in de grote wereld. En het beviel eigenlijk heel goed. Het was overzichtelijk.

En dus kon het niet blijven duren. Op alweer een zonnige middag, onder de parasols van het terras voor het hotel, liet Marits vader doodgemoedereerd een bom ontploffen.

'We denken erover om Marit morgen naar school te brengen. Wat denk jij daarvan?'

'Waarom?' flapte Cas eruit.

'Om haar vrienden te zien. En om haar te laten zien aan haar vrienden. Ik denk dat ze dat erg leuk vindt.'

In de afgelopen maanden waren er wat klasgenoten op bezoek geweest. Laura, een paar keer, en nog wat meiden. Dat was natuurlijk prima. Maar om haar nu, in die rolstoel en met die stekeltjes, zomaar de aula binnen te rollen...

Waar was dat goed voor? Cas hoorde de brugklassers al lachen.

'Ze moet de wereld weer in,' zei Marits moeder. 'En dat wil ze ook, dat weet ik zeker. Ze is geen meisje om alleen in een hoekje te zitten. Ik heb met jullie mentor gesproken en het leek hem ook een goed idee, zo vlak voor de vakantie. Marit hoort tenslotte nog steeds bij jullie klas.'

Allemaal waar. Natuurlijk. Er was geen speld tussen te krijgen. Marit zou het vast leuk vinden.

Maar Cas niet. Het was geen schaamte, niet meer, het was eerder – jaloezie. Marit was van hém, hij was al die maanden voor haar in touw geweest. Hij wist als geen ander hoe ze zich voelde, wat ze doormaakte. Als hij haar nu moest delen... Hij was een hebberige engel.

'Wat vind je, Cas?'

'Jullie hebben waarschijnlijk gelijk,' zei hij.

Het betekende wel dat hij het onmiddellijk over Nicole moest hebben. Dat kon hij niet langer meer uitstellen.

Nog diezelfde middag reed hij naar het revalidatiecentrum. Hij haalde Marit op uit de woonkamer en duwde haar de duinen in. De zon scheen fel en meedogenloos, ze droeg een brede zonnehoed waardoor hij haar niet kon zien terwijl hij achter haar liep. Bij een bankje zette hij haar rolstoel op de rem. Hij ging naast haar zitten.

'Ken je Nicole nog?' begon hij.

Ze keek hem aan. Hij zag geen herkenning in haar ogen.

'Nicole, met de neuspiercing. Ze zit niet in onze klas. Ze maakt van die mooie tekeningen, weet je nog wel?'

Marit haalde haar neus op, maar het was niet duidelijk of dat iets met Nicole te maken had. Ze haalde wel vaker haar neus op.

'Jij was zo kwaad op haar, omdat je dacht dat ze mij van je wilde afpakken. Nou, dat gebeurt niet. Daar hoef je niet bang voor te zijn. Dat weet je wel.'

Ze glimlachte.

'De laatste tijd doen we wel veel dingen samen. Ik ga niet zeggen wat precies, want dat is een verrassing. Maar we zijn vrienden geworden, zeg maar. Niks meer dan dat, echt niet. Ik wil alleen dat je het weet. Anders schrik je misschien. Begrijp je me?'

Marit pulkte met haar linkerhand aan haar joggingbroek en trok een wenkbrauw op. Cas haalde diep adem.

'Je begrijpt het toch?'

Ze draaide haar hoofd af en staarde naar het dak van het revalidatiecentrum achter de duinen.

'God, ik wou dat je weer kon praten!' riep hij uit.

Ze pakte zijn hand en glimlachte. Toen knikte ze.

'Dus het is goed? Bedoel je dat het kan?'

Ze knikte nog een keer. Cas besloot dat ze gesproken had. Nee, nee, nee, zei hij in gedachten tegen het stemmetje van de twijfel, dit is duidelijk. Het kan, alles kan.

Hij gaf haar een kus en ze aaide hem over zijn haren. Ergens achter hen ritselde een merel tussen de struiken. *Een valwindje suizelde van het duin* – dat was uit een kinderboek, een prachtig kinderboek.

Opgelucht bracht Cas Marit terug naar de huiskamer. Een fysiotherapeut stond al op haar te wachten.

'Nou, dag dan,' zei Cas. 'Ik zie je binnenkort op school.'

Ze trok een wenkbrauw op.

'Ja, op school. Je hebt behoorlijk wat in te halen.'

Daarna fietste hij fluitend de twintig kilometer terug. Half vijf, zag hij op de kerktoren. Nog net op tijd voor de rijles. Met Nicole.

Delen

Ik ben een ratel
Maar met een goed hart
Neem me mijn humor niet kwalijk
Alles is nevel
Onwrikbaar verward
En zo ontzettend gevaarlijk

Ik heb een ziel
Die niets om mij geeft
Ik heb zo weinig talenten
Als je wilt helpen
Zorg dan dat je leeft
En deel soms met mij wat momenten

Cas legde zijn pen neer en las het vers nog eens over. De momenten, de beroemde momenten. Eigenlijk waren ze niet weggeweest, bedacht hij zich. En de stroom zwol alweer aan ook.

Het bezoek aan school was een groot succes geweest. Natuurlijk waren er leerlingen geschrokken. Een ettertje uit de brugklas had ook nog iets geroepen, maar het was meegevallen. In de klas, op haar vertrouwde plekje, viel Marit niet eens zo uit de toon. De leraren hadden gewoon lesgegeven en zij had geluisterd, terwijl ze met een pen speelde. Bij muziek zat ze zachtjes mee te wiegen en bij Nederlands begon ze zelfs te schrijven:

MARTI CAS

Bijna goed en Cas glom van trots.

De hele klas was aardig en draafde af en aan met bekertjes chocolademelk en gevulde koeken. In de grote pauze kwam Nicole ook even langs.

'Hai Marit, goed je te zien.'

Marit keek op maar leek haar niet te herkennen.

'Dit is Nicole,' fluisterde Cas. 'Weet je wel.'

Marit trok hem naar zich toe en gaf hem een kus op zijn wang dat het klapte. Het was alsof ze wilde zeggen dat hij van haar was, en van niemand anders. Cas lachte. Goed zo, Marit. Bijt maar van je af.

Nicole boog zich voorover en fluisterde Marit iets in het oor. Tot Cas' verbazing leverde dat haar ook een zoen op.

'Wat zei je nou?'

'Gaat je niks aan. Vrouwenzaken.'

Dit is het dus, schoot het door Cas heen. Dit is waar ik bang voor was. Dat ze geheimpjes heeft met iemand anders. Maar vreemd genoeg voelde het goed, er was geen spoor van jaloezie in zijn hart.

Aan het eind van de grote pauze was Marit bekaf. Haar ouders kwamen haar halen. Toen ze was vertrokken, barstte de discussie los.

'Jezus Cas, is ze altijd zo?'

'Wordt het nog beter?'

'Je had haar in het begin moeten zien,' zei Cas.

'Dat je dat volhoudt...'

'Ik vind het knap van je.'

'Jij zou het ook doen, als het jouw vriendin was,' zei Cas. 'We hebben een hoop lol samen.'

Daarop zwegen ze. Cas dacht terug aan de woorden van Marits moeder. Misschien was het waar. Misschien zouden niet veel jongens doen wat hij gedaan had, en nog deed. Maar hij wist niet hoe het anders had gekund.

Op een donderdagmiddag rolden zwarte wolken van over

zee het land binnen. Binnen de kortste keren was de hemel vol vuur en voerde de regen een klompendans uit op de golfplaten daken van de manege.

Cas en Nicole leidden de paarden uit de bak en bekeken het noodweer vanonder een afdakje.

'Einde van de les, ben ik bang,' zei ze. 'Laten we maar gaan afzadelen.'

Ze brachten de paarden naar hun box en verzorgden ze. Nog wat extra biks voor de schrik, en er was niets meer te doen. Nicole gooide wat muntjes in de koffieautomaat en bood Cas een bekertje aan.

'Ga jij nog op vakantie?' vroeg ze.

'Ik ga met een paar neven. Mijn ouders blijven hier, voor de winkel. We gaan naar Spanje.'

'Waar in Spanje?'

'Hoe heet het, Salou.'

'Jij durft.'

'Hoezo?'

'Dat weet je toch,' zei Nicole. 'Salou. Drank. Meiden.'

'O, dat. Nou, ik weet niet...'

Ze kwam ongemakkelijk dichtbij. Dat had ze al die weken niet gedaan, en Cas werd er onrustig van. Ze moest zich niet opdringen, en dat wist ze best. Of liever, het had geleken alsof ze dat wist.

'Salou is beesten. Anders kan je net zo goed naar de Veluwe gaan.'

Cas haalde zijn schouders op en ging op een hekje zitten. Ze volgde hem niet, maar gooide het over een andere boeg.

'Denk je dat Marit binnenkort mag komen rijden?'

'Ik denk het wel. Ze is er goed genoeg voor.'

'En jij ook.'

'Dank je.'

'Als ze een beetje gewend is, kunnen we misschien de

duinen in,' zei Nicole. 'Dat mag meestal niet, maar als er nou nog iemand meegaat...'

'Dat is wel de bedoeling. Waarom denk je anders dat ik al die lessen neem?'

'Om bij mij te zijn, misschien?'

Daar ging ze weer. Cas voelde dat hij kwaad werd. Ze moest ermee stoppen, en wel onmiddellijk.

'Marit, hou op!'

Ze keek hem aan met een klein lachje om haar mond. Een vrouwenlachje, een lachje van superioriteit. Wat bedoelde ze? Wat had hij gezegd?

'Ik heet Nicole. Verder alles goed?'

Cas smeet zijn koffiebekertje in het stro en liep naar buiten, de regen in. Ze volgde hem.

'Cas! Cas, sorry. Sorry! Ik had het niet moeten doen. Kom nou terug, asjeblieft!'

Hij liep door. De tranen stroomden uit zijn ogen en vermengden zich met de regendruppels op zijn wangen. De hemel huilde met hem mee.

Op de straatweg stonden enorme plassen. Een wit Peugeootje stoof langs en hoosde een golf modderwater over hem heen. Gaf niks, natter kon niet. Een fietser worstelde zich de andere kant op. Samir, op weg van nergens naar nergens. Samir. Hoe is het mogelijk...

Cas wendde zijn hoofd af. Hij wilde niemand zien en zeker niet gezien worden. Hij wilde alleen zijn, alleen tussen de elementen. Doorweekt en verkleumd raken was zijn bestemming. En hij was al een eind op weg.

Nicole stond opeens voor hem, met drijfnatte haarslierten en zwarte mascarastrepen op haar wangen. Ze legde haar handen in zijn nek, trok zijn hoofd naar beneden en zoog zich vast aan zijn lippen. Het ging met zo'n geweld dat Cas bloed proefde. Wat hij ook probeerde, hij kon niet loskomen.

'Zo,' zei ze toen ze hem weer losliet. 'En nou is het mijn beurt. Ik besta ook, ja? En er is geen enkele reden waarom ik je niet zou mogen zoenen.'

'Jezus, Nicole, ik...'

'Want je wilt het zelf ook. Dus.'

Dat was niet waar. Niet helemaal waar. Of een beetje maar. Cas zocht vertwijfeld naar woorden, maar hij was te overdonderd. Een volgende auto bracht een nieuwe laag water. Het deerde Nicole niet.

'Weet je wat ik gezegd heb tegen Marit, toen in de aula?' schreeuwde ze. 'Wil je het weten? Zal ik je zeggen wat ik gezegd heb? Ik zei: "Ik wil Cas best met je delen." Dát heb ik gezegd.'

Pardon? Dát heeft ze gezegd, en vervolgens gaf Marit haar een...

'En ze heeft me gekust, Cas. Ze heeft me gekust!'

Cas draaide zich om. Een derde auto reed langs, en een vierde. De modder droop in bruine stralen van zijn lijf en het water sopte in zijn schoenen. Ergens diep in zijn buik begon iets te borrelen, iets wat niet te stoppen was. Cas wierp zijn hoofd achterover en lachte.

Hij lachte om de angst, de eeuwige angst en de schaamte. Hij lachte om de wereld en zichzelf, om al zijn twijfels en de stemmetjes die hem het leven zuur maakten. Hij lachte om God en Boris Botlap, om zijn zwijgende ouders en het gehittepetit van Marits moeder. Hij lachte om De Lantaarn en Frédérique en Salou en zichzelf. Hij lachte om de verschrikking van die zondagmiddag en de herinneringen aan de sneeuw van langgeleden. Hij lachte erom dat dat ook ergens uitkwam, en hij wist niet meer waaruit. Hij lachte om Moon, om Nicole, om zichzelf.

Hij lachte zoals hij nog nooit gelachen had.

Het wonder

124 | Het leek nog het meest op een scène uit een wetenschaps-
programma. Marit hing in een ingenieuze constructie en
werd langzaam, uiterst voorzichtig, op het paard gezet.
Haar vader stond er foto's van te maken. Toen ze eenmaal
zat, werden haar benen met riemen vastgesnoerd. Cas en
Nicole stelden zich ieder aan een kant van het paard op en
de les kon beginnen.

Marit keek eerst een beetje angstig, de tocht tussen
hemel en aarde was haar niet zo goed bevallen. Maar na
het eerste rondje door de bak begon ze zich te ontspannen.
Ze rechtte haar rug en hief haar hoofd op. Soepel deinde
haar lichaam mee met de bewegingen van het paard.

'Je hebt talent, meid!' riep Nicole.

Marit keek naar beneden en glimlachte. Daarna zochten haar ogen Cas.

'Hoe is het?' vroeg hij.

Ze knikte blij. De camera van haar vader bleef maar
klikken. Haar moeder stond aan het hek en zwaaide iede-
re keer als ze langskwam, alsof Marit een peuter in een
draaimolen was.

Cas moest almaar naar haar kijken. Alles wat hij had
gehoopt, gebeurde. De kracht van het paard vloeide in
haar, werd Marits kracht. Hij zag het aan haar houding,
aan de trotse blik in haar stralende ogen.

Onder de hals van het paard door greep Nicole zijn arm.

'Goed hè?' fluisterde ze.

Cas knikte zwijgend. Ja, het was goed. Het was beter dan
ooit. Ze moest hem alleen niet vastpakken. Niet waar
Marit bij was.

Het was eigenlijk meteen na die lachbui begonnen. Nicole had hem even verbijsterd aan staan staren, maar was daarna mee gaan lachen. Ze waren elkaar in de armen gevallen en zo bleven ze staan tot ze allebei rustig waren, en langer. Veel langer, tien of elf auto's lang, tot hun lippen elkaar weer vonden in een eerste echte kus.

Vanaf dat moment was Nicole deel van het kleine wereldje rond Marit. Een niet onbelangrijk deel zelfs, want de twee meiden konden het prima met elkaar vinden. Soms iets te goed, naar Cas' zin. Hij voelde zich weleens buitengesloten als die twee samen aan het giechelen waren, net buiten zijn gehoor. Maar als hij dan zag hoe Marit straalde, verzoende hij zich met zijn lot.

'Zou ze ook een piercing willen?' vroeg Nicole een keer.

'Spaar me,' zei Cas. 'Ik kan het van jou net verdragen. Bovendien is ze in het ziekenhuis voor haar leven genoeg gepiercet.'

Het was goed, beter, best. Als hij het had gekund, zou Cas de hele dag gehuppeld hebben. Maar dat kunnen jongens nou eenmaal niet, wist hij sinds zijn kleutertijd.

Heel af en toe maar, na een wijntje bijvoorbeeld, kwam iets van de twijfel terug.

'Ik hou van Marit,' somberde Cas op een avond toen ze samen op zijn kamer zaten. 'En ik hou ook van jou. Echt waar, heel veel. Kan dat eigenlijk wel?'

'Je ziet het,' zei Nicole opgewekt.

'Ja, maar toch...'

'Je houdt toch ook van je ouders?'

Dat was nou niet het beste voorbeeld. Cas glimlachte.

'Wees blij,' zei Nicole streng.

Dat was een wijze raad. En hij was ook blij. Hij was eigenlijk voortdurend blij. Alleen op een avond als deze eventjes niet.

'Daar lag ze,' zei hij en wees naar de deur. 'Op de vloer. Ik dacht dat ze dood was.'

Nicole trok hem dicht tegen zich aan en knabbelde aan zijn oor.

'En kijk eens hoe goed het nu met haar gaat.'

'Ja...'

Ze kuste hem, lang en lief. Hij sloot zijn ogen en liet zich meevoeren, ver weg, naar het haastige land van ritsen en knopen, naar het rijk van glimmende huid en schitterende ogen. Dit hadden ze nog niet gedaan, samen, en nu gebeurde het dan, op de vloer van zijn kamer.

Het was niet zoals met Moon, het was geen overval. Het was een bezegeling van een verbond en Cas voelde geen twijfel of rem.

Nicole was anders dan Marit. Bedachtzamer. Ernstig bijna. Ze sprak niet, leidde hem met haar ogen en haar hand. En ook Cas was anders. Hij had condooms. Gewoon gehaald. Ze waren zelfs al een paar dagen in huis, omdat hij wist dat dit ging gebeuren.

Het was allemaal zo simpel.

Toen ze tegen elkaar aan lagen, stil en blij, begon hij te huilen.

'Hé...' zei Nicole.

Ze veegde zijn tranen af met haar pink. Dat gaf niet, ze kon het niet weten van Moon.

'Ik geloof niet,' zei Cas met een zucht, 'dat er iemand bestaat die gelukkiger is dan ik.'

'Ik,' zei Nicole.

Daar lachten ze samen om en daarna vreeën ze nog een keer.

Ze hoefden het Marit niet te vertellen. Marit was niet gek, die wist het allang. En ze vond het goed. Wie was hier nou eigenlijk de engel?

Maar dat betekende niet dat Nicole zijn arm moest pakken waar Marit bij was, of haar ouders. Dat was nergens voor nodig en het deed Cas pijn, plaatsvervangend pijn.

Zolang hij niet echt met Marit kon praten, moest Nicole een gewone vriendin blijven.

Kon dat? Werkte dat? Voorlopig wel.

Al snel was Marit zover dat ze zelfstandig kon paardrijden. Cas en Nicole besloten dat het tijd werd voor een ritje naar 't Wed. Marits ouders zagen het plan eerst niet erg zitten, en dat was te verwachten. Pas toen hun werd verzekerd dat het kon, en dat er extra ruiters mee zouden gaan, gaven ze toch hun toestemming.

Op een stralende zondagochtend werd Marit op haar paard gehesen. De camera klikte weer en de stoet werd geformeerd. Een instructeur voorop, daarachter Cas en Nicole met Marit tussen hen in en ten slotte nog twee ervaren ruiters.

Het eerste stuk langs de Vissersplaatdijk was spannend, vanwege het verkeer. Marit perste haar lippen op elkaar en hield de teugels stevig in haar linkerhand. Cas zag dat de knokkels wit waren. Maar zo gauw ze op het ruiterpad kwamen en onder de bladeren reden, begon Marit te genieten. Ze nam de omgeving in zich op alsof ze nooit eerder een bos had gezien en ze lachte haar scheve glimlach bij elke vogel die zich liet horen.

Ook Cas bekeek het bos met andere ogen. Met Marits ogen. Het was alsof hij een vriend van elders zijn eigen stad liet zien. Alles kreeg een nieuwe glans, de vertrouwde plekjes werden afgestoft en opgepoetst. Sjongejonge, wat een mooi bos!

Bij 't Wed lieten ze de paarden drinken. Niemand steeg af, omdat Marit dat ook niet kon.

'Hoe gaat 't, Marit, hou je het vol?' vroeg de instructeur.

Ze knikte. Haar lippen openden zich en Cas boog naar haar over, maar er kwam geen geluid. Ze knikte nog een keer en staarde naar het water met fonkelende ogen.

Ze weet het nog, dacht Cas. Ze weet alles nog.

'Volgens mij is dit een groot succes,' zei hij.

Stapvoets ging het verder, om het vennetje heen, omhoog de duinen in. Op een hoge top hielden ze stil en keken uit over de zee. Marit knikte weer.

'Uh,' zei ze.

'Ja, ik weet het,' zei Cas.

'Uh,' herhaalde Marit.

De denkrimpel verscheen boven haar ogen. Ze keek naar Cas, naar Nicole, naar de zee. Haar lippen prevelden een onhoorbaar gedicht.

En toen gebeurde het wonder.

Cas kon het eerst niet geloven. Ook later, toen hij het aan haar ouders vertelde, aan zijn eigen ouders, aan iedereen die het maar horen wilde, vreesde hij nog dat zijn fantasie op hol geslagen was, dat zijn oren een rotstreek met hem hadden uitgehaald.

Maar Nicole was erbij geweest en zij had het ook gehoord. Het was dus echt waar. Marit had gesproken, met haar eigen stem, luid en duidelijk.

'Ja,' had ze gezegd. 'Dit.'

Hans Kuyper over dit boek

Een paar jaar geleden werd iemand die mij heel dierbaar is getroffen door een hersenbloeding. Ik was die dag op schoolbezoek en vernam het nieuws per telefoon. Trillend op mijn benen realiseerde ik me dat ik niet wist wat een hersenbloeding nou eigenlijk was, wat het met iemand kon doen en wat de vooruitzichten waren. Ik wist van niets.

Nu, na al die tijd, weet ik nog niet veel meer. Althans, niet van de medische kant van de zaak. Wat ik wel heb gezien, is de invloed die zo'n rampzalige gebeurtenis heeft op de mensen om het slachtoffer heen. Ik kreeg bewondering voor hun moed en optimisme. Ik zag de kracht waarmee ze doorgingen, ondanks alle tegenslagen.

En wat ik bij hen zag, zag ik in nog veel sterkere mate bij de getroffene zelf, die zich terugvocht van het randje van de dood naar haar eigen, volwaardige plaats tussen familie en vrienden. Nog steeds kan ze nauwelijks praten en zit ze in een rolstoel, maar haar stralende lach fleurt menig feestje op en ze geniet zichtbaar van al het moois om haar heen.

Ik vond en vind dat heldhaftig en een boek meer dan waard. Daarom draag ik deze kleine roman aan haar op, en via haar aan alle mensen om haar heen en iedereen in vergelijkbare situaties.

Want *wie het ongelooflijke wil bereiken, moet streven naar het onmogelijke* – waar is dat ook weer uit...

Je kunt me mailen: hanskuyper@hotmail.com

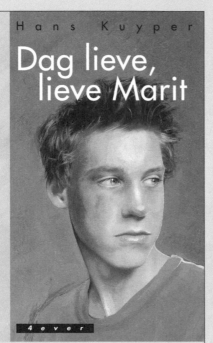

Hans Kuyper

Dag lieve, lieve Marit

4 e v e r

Anneke Scholtens

Laura's eiland

4 e v e r

Als Marit op de eerste dag na de kerstvakantie de klas binnenwandelt, kan Cas zijn ogen niet geloven. Zo iemand als zij heeft hij nog nooit ontmoet. Toch duurt het nog een paar maanden voor er iets moois opbloeit tussen hem en Marit. Tijdens een droomvakantie in de sneeuw weet hij het zeker: dit is voor altijd.

Maar eenmaal terug, slaat het noodlot toe en Cas komt voor de moeilijkste beslissing van zijn leven te staan. Wat betekent 'voor altijd' als er geen toekomst meer is?

Haar beste vriendin heeft verkering en haar ouders zijn net uit elkaar. Laura moet zich maar in haar eentje zien te redden. Als de vader van haar oppaskinderen haar in vertrouwen neemt, voelt ze zich gevleid. Maar als hij haar op een avond probeert te zoenen, vlucht ze de auto uit en voelt ze zich schuldig, vies en alleen. Laura trekt zich terug in zichzelf, 'op haar eiland', zoals ze dat noemt, veilig en onaanraakbaar. Dan groeit er een nieuwe zelfverzekerdheid in haar.

Cas, Laura, Floor en Samir zitten in de bovenbouw van het Rhijnvis Feithcollege. Een stormachtig jaar, waarin ieder een eigen verhaal heeft.

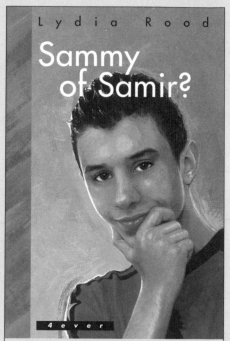

Judith Eiselin

De echte Floor

4 ever

Lydia Rood

Sammy of Samir?

4 ever

Daniël is een dromer, een stuk en al heel volwassen, vindt Floor, die al in de eerste week van het vierde jaar tot over haar oren verliefd wordt. Voor het eerst echt en wederzijds. Gek genoeg is het niet Daniël, maar haar toneelrol die ervoor zorgt dat Floor zichzelf beter leert kennen. Eigenlijk is hij helemaal niet zo'n held, ontdekt ze. Eigenlijk is Daniël een bange jongen met een grote bek. Maar kan ze hem al loslaten?

Onder de naam Sammy Soutendijk schrijft Samir stukjes in de schoolkrant. Alleen daarin kan hij zichzelf zijn, want hij voelt zich niet de Marokkaan die iedereen in hem ziet. Als de tekenleraar zijn geheim ontdekt, veranderen er dingen voor Samir. Nu merkt hij dat de leerlingen uit hogere klassen hem en zijn gedichten waarderen. En doordat hij droomt van Isis, het mooiste meisje van de school, merkt hij niet meteen dat een leuke klasgenote verliefd op hem is. Niet op Sammy, maar op hem: Samir!